전지적
코로나 시점

시지고등학교 포토에세이집

위기를 통한 성장

　예기치 않은 코로나19는 우리 사회 곳곳에 변화를 가져다주었습니다. 학교에서도, 학생들의 일상이 많이 달라졌습니다. 처음에는 개학이 연기되고 격주 등교와 온라인 수업이 계속되는 상황에서 과연 책쓰기를 시작할 수 있을지 막막했습니다. 6월이 다 되어서야 동아리 시간을 통해 학생들과 함께 만날 수 있었고, 위기 속에서 어렵게 시작된 글쓰기 활동은 일상의 소중함을 알게 된 시간이었습니다.

위기를 통한 성장이라는 말이 있습니다.
위기의 순간은 늘 예고 없이 불쑥 찾아옵니다.
다만 어떤 이에게는 조금 더 일찍, 또 다른 이에게는 조금 더
늦게 찾아올 뿐입니다.
위기가 찾아왔을 때 우리는 모두 그 순간을 이겨내는 과정에서
어쩔 수 없이 위기와 동행하게 됩니다.
그리고 위기와 동행하며 자신을 되돌아보게 될 것입니다.
누구나 위기의 순간이 있었고
언젠가는 또 다른 위기를 마주하게 될 것입니다.

힘든 시간이 찾아오는 것이 싫어서 움츠리고 피한다고
그 순간이 오지 않는 것은 아닙니다.
때론 예기치 않은 위기가 있어도,
그 위기가 사라지지 않을 것 같아도
우린 그 속에서 무언가를 배우게 됩니다.

　책쓰기 동아리 학생들과 올해는 어떤 주제로 글을 쓰면 좋을지를 한창 고민하던 중 코로나 시대를 통해 보고 느낀 생각들을 포토에세이로 풀어 내기로 의견을 모았습니다. 21명의 이야기를 하나의 책으로 담아내기 위해 각 장의 테마를 4가지 관점으로 정해 자아성찰, 일상의 변화, 꿈에 대한 고민, 사회에 대한 생각들을 가지고 코로나 시대를 학생의 눈으로 바라보았습니다.

　많은 우여곡절이 있었던 2020년을 저마다의 시선에서 쓰고 담으며 기록하기 위해 서툴지만 사진을 찍기 시작했습니다. 전문 사진작가는 아니지만 학생들이 가지고 있는 핸드폰으로 각자의 눈에 비친 세상의 모습을 한 장 한 장 담아내며 에세이를 써 내려갔습니다. 이렇게 빼곡히 모인 사진은 학생들이 써 내려간 글에 담긴 메시지를 전달하는 매개체로 깊은 공감을 전달하며 글보다 더 잔잔한 울림으로 다가옵니다.

　단순히 글을 쓰고 사진을 담는다고 책이 완성되진 않았습니다. 21명의 글이

한 권의 책으로 완성되기까지 많은 과정을 거쳤습니다. 제대로 연필을 부여잡고, 글을 쓸 수 있는 기회가 부족했기에 학생들은 글에 대한 두려움이 있었고, 책쓰기에 대한 부담감을 가지고 있었습니다. 하지만 이러한 위기를 기회로 바꿔보고자 많은 노력을 해 나갔습니다. 글쓰기 특강을 통해 글의 주제 잡기를 시작했고, 방학을 이용해 초고를 쓰기 시작했으며, 자신의 생각과 감정을 표현하는 과정에서 수 차례 퇴고를 거듭하면서 학생들은 글쓰기에 대한 어려움도 알게 되었고 책을 만드는 과정이 쉽지 않다는 것을 깨달았습니다. 글을 쓰고 싶어 모였지만 마음먹은 대로 생각을 표현하는 일이 쉽지 않아 힘들어 한 학생들도 있었습니다. 이렇게 책을 쓰기까지의 과정은 순탄치 않았습니다. 학생들의 손끝에서 써 내려간 문장들이 조금은 서툴고 완벽하지 않을 수 있지만 어쩌면 인생에 단 한 번뿐인 고등학생 시절의 생각과 진심을 담아냈다는 사실에 큰 의미를 두고 있습니다.

위기가 가져온 변화는 많은 것들을 배우고 경험하게 해주었습니다. 갑작스럽게 찾아온 위기에도 적응의 시간이 필요하듯이, 코로나라는 변화를 슬기롭게 잘 이겨내는 과정에서 자신을 되돌아보고, 일상을 관찰하며, 꿈을 찾고, 사회를 들여다보는 과정에서 학생들은 한층 성장했습니다. 이처럼 모두에게 찾아온 위기는 반대로 기회가 될 수 있습니다.

시간이 지나 어른이 되어 학생들이 이 책을 다시 보게 된다면 어떤 생각을 할지 궁금합니다. 고등학생 시절을 떠올리며 '그땐 그랬지' 하고 빙그레 웃을 수 있는 날이 빨리 찾아오기를 기대해 봅니다. 코로나로 인해 힘든 시기였음에도 학생들과 함께했기에 새로운 도전을 할 수 있었습니다. 같이 책을 완성하는 과정이 참으로 행복했고 소중했습니다. 2020년의 변화를 쓰고 담아낸 이 책이 앞으로도 '쓰담쓰담' 동아리 학생들을 단단하게 지지해주는 자양분이 되기를 바랍니다.

책이 나오기까지 아낌없는 지원을 해주신 서기수 교장 선생님, 안병관 교감 선생님, 윤영선 부장 선생님, 정미경 부장 선생님 감사합니다. 그리고 밤낮 없이 조언과 컨설팅을 통해 방향부터 책 발간까지 모든 과정에서 힘을 주신 김묘연 선생님, 글쓰기 특강을 통해 학생들에게 자신감을 불어 넣어주신 김은숙 선생님께 감사드립니다. 거듭되는 퇴고와 편집을 하는 과정 속에서도 힘든 기색 하지 않고 동아리를 이끌었던 편집부장 김수연 학생, 동아리 부장 백은우 학생, 부부장 이승민 학생을 비롯한 쓰담쓰담 학생들 모두에게도 고마움의 인사를 전합니다.

2021년 2월
포근한 겨울 햇살이 내리쬐는 도서관에서
첫 동아리 수업을 회상하며
송미애 엮어 올림

들어가며 　위기를 통한 성장 | 송미애

Q1
코로나로 인한 2020,
'나'는 완벽했나요?

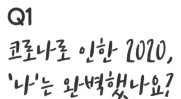

Q2
코로나로 변화된
일상에 잘 적응하고 있나요?

Q3
코로나에 직면한
우리 사회, 이대로 괜찮을까요?

Q4
코로나가 꿈을 바꾸었나요?

~~~~~~~~~~~~~~~~

Q1

코로나로 인한 2020,
'나'는 완벽했나요?

백은우

2003. 03. 05.

대구에서 태어났다.

생일이 3월 5일이라서 그런지 숫자 3과 5를 좋아한다.

초록색을 좋아하고

섞으면 초록이 되는 노란색과 파란색도 좋아한다.

작심삼일 인생이라서 취미가 생기면 얼마 가지 않는데

유일하게 오랫동안 지속 중인 취미가 자전거 타기와 글쓰기다.

자전거는 비교적 최근에 생긴 취미이긴 하지만, 그동안 거쳐 갔던

취미들과 비교해보면 굉장히 오래 지속 중인 취미다.

글쓰기는 중학교 때부터 관심이 있어서 지금까지 쓰고 있다.

물에서 노는 것을 너무 좋아해서

바다에 여행 가는 것을 제일 좋아한다.

나중에 바닷가에서 사는 것이 소망이다.

길을 잃은
양과 늑대

WRITTEN/PHOTO BY 백은우

Prologue

2020년. 올해가 시작됨과 동시에 예상치 못한 파도가 날 덮쳤다. 바로 코로나.
사실 처음에는 금방 끝날 줄 알았다. 그저 날씨가 따뜻해지면 서서히 사라질 줄
알았다. 하지만 신께선 그 파도를 멈추시지 않으셨다. 그렇게 거대한 파도가
우리의 일상 전체를 삼켜 버렸다. 코로나바이러스로 인해 밖에 나가지 못하고,
집에 혼자 있다 보니 생각이 많아지고, 그로 인해 가치관의 변화도 많이 일어났다.
이 책은 이렇게 코로나를 겪는 동안 바뀐 생각들을 담은 글들을 모은 것이다.
이제 그 이야기를 시작하려 한다.

📷 4월 점심에 시켜 먹은 마라탕이다.
코로나로 인해 마라탕을 오랫동안 못 먹어서 그날 엄청 먹었던 기억이 있다.
개학 연기로 인해 온라인 클래스로 수업을 듣던 때라 점심으로 마라탕을 시켜 먹을 수 있었다.
만약 평소처럼 학교에 갔다면, 점심때에 마라탕을 시켜 먹는다는 건 있을 수도 없는 일일 것이다.

걸리버 여행기

여행의 시작은 아마 그때부터였을까. 많은 생각의 파도를 거쳐 지금의 내가 존재하는 것이라면 나는 아직도 항해 중이다. 끝을 모르는 항해일지라도 이 항해로 인하여 나를 좀 더 알 수 있다면, 그렇게 스스로를 더 이해할 수 있게 된다면 두렵지 않다.

'코로나'는 다양한 섬들을 항해하던 중 만난 커다란 파도였다. 지금은 그나마 잠잠해졌지만…. 처음에는 이 파도가 금방 사라질 줄 알았다. 하지만 그것은 생각보다 오래 지속되었고, 여러 가지 것들을 쌓아 올려 저만의 섬을 만들어 버렸다. '탄생', '어린이집', '유치원', '초등학교', '중학교' 등 다른 많은 섬들을 거쳐 왔지만, 바이러스가 자신만의 섬을 만들어 그곳에 머물게 되는 경우는 처음이라 모든 것이 생소하였다. 하지만 적응이 된 후 눈을 떠 보니 코로나가 내 옆에 자리 잡고 있었다.

뫼비우스의 띠 같은 이 바이러스로 인해 연기되어 버린 개학. 그리고 시작된 온라인 클래스. 휘몰아치는 입시로 인해 멈춰 버렸던 나의 생각을 글로 써 내려갔다. 생각이 많아질 때는 이를 다 글로 적었다. 그러곤 '생각이 너무 많은 것은 안 좋은 것 같아-'라고 느꼈다. 하지만 마음에 드는 글이 어쩌다 한 번 나오면 '그래도 좋은 점이 없진 않은 것 같은데?' 라고 생각했다.

📷 시간은 아무도 붙잡을 수 없이 흘러간다.
'코로나' 섬의 항해는 내가 멈출 새 없이
이미 시작되었다.

　그렇게 생각들을 글로 쓰다 보니, 맞다고 생각했던 게 틀릴 때도 있고, 틀리다고 생각했던 게 맞을 때도 있었다. 처음엔 무조건 맞다고 생각했던 것을 바꾸는 것이 쉽지만은 않았다. 그러나 나의 생각이 틀렸음을 인정하고 받아들이니 창피함과 후회는 그저 한순간이었다. 더 좋은 방향과 옳은 답들이 있다면, 내가 틀리더라도 인정하고 받아들여야 한층 더 넓은 시각을 가질 수 있다는 것을 깨닫게 되었다. 그리고 깨달음을 알고 이를 실천하는 것은 나를 더 나은 사람으로 만들 수 있다는 것 또한 배우게 되었다.

　삶의 여행 도중 만난 '코로나', 그로 인해 변화된 생각들. 지금 나는 '코로나'라는 섬에 머무르고 있지만, 내 생각들의 항해는 아직 진행 중이다.

코로나 기간 동안 내린 '나'에 대한 결론은, 나는 굉장히 모순적인 사람이라는 것이다. 집 안과 밖에서 완전 다른 두 인격체를 가지고 있다. 계속 자라오는 동안 가장 많이 생각했던 점은 '나도 결국 인간이구나.'라는 것. 완벽해지고 싶으면서도 노력을 힘껏 하지 않고, 스스로와 비교하자고 수십 번 되뇌어도 결국 남을 의식하게 된다. 시간을 알차게 보내자며 다짐을 해도 거기서 머물 뿐 또 시간을 낭비하게 되고, 독서하는 삶을 살자 마음 먹어놓고 책을 빌려도 별로 읽지 않은 채 반납해 버리는 등 작심삼일을 반복하는 내 모습을 보며 늘 후회한다. 나의 이런 면을 인정하는 데까지 참 오랜 시간이 걸린 듯하다. 되려 애써 바꾸려 하지 않고 있는 그대로 받아들이며 인정하니, 내 안에서 '나' 자신을 좀 더 솔직하게 바라볼 수 있었다.

내가 모순적이라고 달라지는 것은 없다. 자꾸 빠져나오려고 할수록

📷 롤러에 붙어있는 먼지다.
우주에서 우리를 보게 된다면, 이런 느낌일까?

더 깊이 빠질 뿐이다. 그러므로 나 자신을 좀 더 완벽에 가까운 틀에 맞추려 할 필요가 없다. 인간에게 있어서 완벽을 추구하는 것은 어려운 일이고, '나'란 사람은, 우리 인간은 결국 신의 입장에서 걸리버가 본 소인국 사람과 다를 바가 없을 테니. 어쩌면 소인국 사람보다 더 작은 존재일지도 모르겠다. 물론 이렇게 내 존재가 우주의 먼지라고 인정하고 받아들이기까지도 많은 시간이 걸렸다. 왜냐하면 나는 자꾸만 스스로를 특별하다고 생각했기 때문이다.

나의 이중성은 자각하지 못한 사이에 자만하고 교만해진 상태로 종종 나타난다. 지혜를 뽐내고 싶었던 나 자신을 깨닫는 순간, 어디론가 깊숙이 숨고 싶은 심정이 드는 것이다. 그저 작은 것 하나에 저를 과대포장하고 그 포장들을 보며 만족하는 나를 보며 다시금 내가 작고 작음을 절실히 느낀다.

또 다른 이중성은 나 자신의 잣대에서도 나타난다. 나는 인정받고 싶고 잘 해내고 싶은 욕구가 강했고, 여전히 강하다. 그러나 동시에 쉽게 좌절했고, 쉽게 낙담했다. 할 수 있는 최대만큼 해보지도 않고 '아, 나는 이것밖에 안 되는 사람이구나.'라고. 하지만 모든 것을 내려놓고, '내가 할 수 있는 최선을 다해보자.'라는 마음으로 임하니 태도, 모습, 생각, 성적 등 모든 것이 바뀌었다. 굳이 맞지 않는 틀을 미리 정해두고 걱정하는 것은 어리석은 짓이었다. 현재의 실력과 크게 동떨어진 목표는 나를 더 좌절시키기만 했다. 현재보다 조금 위에 있는 목표를 설정하고, 지금의 나를 받아들이고 인정하며, 천천히, 느리더라도 계속해서 나아가다 보면 언젠가는 바뀌게 되고, 언젠가는 결실을 맺게 되어있음을 깨달았다. 코로나 기간 동안 나를 성찰하고 이를 통해 깨달음을 얻은 지금, 더 이상 스스로를 쉽게 단정짓지 않기로 했다.

"네 안에 존재하는 그 모순을 인정하고 받아들이며
작은 것부터 바꿀 수 있다는 믿음만 있다면,
너는 또 다른 너 자신과 마주할 거야."

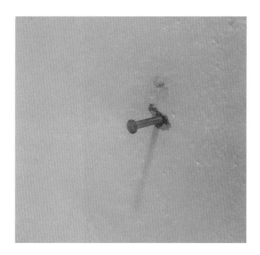

📷 평평한 벽에 갑자기 나 있는 못은 조금 모순적이다.
벽과 못에서 나의 모순을 발견했다.

휴이넘 : 빛

'걸리버 여행기'를 읽으며 제일 인상 깊었던 섬은 '휴이넘'이었다. 휴이넘은 말들이 사는 세계인데, 그 부분을 읽으면서 어느새 휴이넘을 동경하고 있는 나를 발견했다. 휴이넘은 가장 이상적인 사회였고, 섬이었기 때문이다. 나의 마음과 세상에도 그런 섬이 있으면 좋겠지만, 생각처럼 쉽지만은 않은 것 같다.

18세. 고등학교 2학년인 나는 코로나로 인해 혼자 생각하는 시간이 많아지며, 하루에도 몇 번이나 수많은 감정의 소용돌이를 겪고 있다. 이러한 감정들의 휘몰아침은 성장하는 동안 자연스럽게 볼 수 있는 현상이라 하지만, 잘못 휩쓸리면 그날 하루가 너무나 암울해지는 경우가 종종 발생한다. 그렇게 암울한 생각들이 가득할 때면, 세상의 모든 것을 비관적으로 바라보게 된다.(코로나로 인해 밖에 한동안 못 나갔을 때 특히 그랬다.) 정말 빛이 하나도 없는 것 같이 느껴진다. 하지만 그 비관적인 생각에서 벗어나면, 어둠으로 가득했던 세상에 색깔들이 하나둘씩 칠해지기 시작한다. 과거의 생각들이 다르게 보이고 갑자기 엄청난 희망이 안에서 끓어오르는 것처럼.

이런 심정, 감정, 생각의 변화가 조금씩 달라지면 모르겠지만, 가끔은 너무 극적으로 변해버려서 힘들다. 그래서 나는 고민했다. 내가 세상을 비관적으로 바라볼 때, 누군가가 내 안에 존재하는 빛을 찾고, 그것을 말해준다면 조금이라도 달라질 수 있을까? 반대로 이런 상황에 누군가가 처해 있다면, 내가 그 사람의 빛을 발견함으로 인해 조금이라도 도움을 줄 수 있을까?

사실 정답은 아무도 모른다. 하지만 나는 믿는다. 이런 각박한 세상에서 누군가는 계속해서 빛을 밝히며, 빛을 찾아주고 있다고. 그 사람은 다른 누군가의 인정을 받을 수도, 받지 못할 수도 있다. 하지만 상관없다. 인정을 받든, 받지 못하든, 그 사람으로 인해 누군가는 새로운 삶을 살 수도 있다는 점, 그것만으로 충분하다. 나는 각박해진 세상 속 그러한 빛, 희망을 믿는다. '이 희망들이 하나둘씩 모이다 보면, 어느새 작은 휴이넘을 만들 수 있지 않을까?'라는 소망을 조심스레 품어 본다.

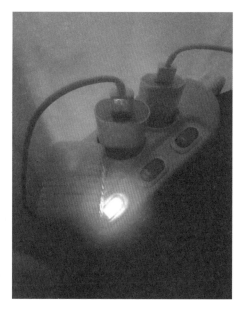

📷 전원을 켠 버튼은 아주 밝다.
어둠 속에서도 밝은 빛을 낸다.
우리도 우리의 삶 속 버튼을 켜서
밝은 빛으로 세상을 밝히자.

길을 잃은 항해사

항해 도중 나는 종종 길을 잃곤 한다. 방향을 잃고, 어느새 목적지를 잊어버린다. 그러곤 나에게 질문한다.

"네가 지금 제대로 가고 있는 거야?"

"네가 진정으로 원하는 길로 가고 있니? 아니면 그저 흘러가는 대로 가고 있는 거니?"

많은 고민과 많은 생각들이 나를 집어삼킬 때마다 길을 잃고 헤맨다. 동시에 많은 걱정이 나를 자꾸 붙잡는다. 하지만 정신없이 바쁘게 살아가다 보면, 어느새 그러한 고민들은 사라지기 마련이다. 작년 2학기 공부에 치여 정신없이 하루하루를 보냈을 때가 딱 그랬다. 스스로 너무 많은 생각들에 잠겨 있는 것을 원하지 않았기 때문에 그렇게 사는 게 좋았던 것 같다. 나태했던 지난날들 속에서 정말 열심히 살며 나 스스로에게 보상해 주는 느낌이 들어서 뿌듯했었다. 올해도 그러한 포부를 가지고 살아가리라 마음먹고 2020년을 맞이했다. 하지만 돌아오는 건 '코로나로 인한 개학 연기'라는 소식뿐이었다.

처음에는 솔직히 좋았다. 방학이 더 늘어난 느낌이었고, 제일 좋았던 점은 늦잠을 더 잘 수 있다는 것이었다. 하지만 개학 연기가 점점 길어지다 보니 나중에는 지치기 시작했다. 나태해진 삶에 적응하게 되어 다시 바쁜 일상으로 돌아가

📷 교복을 입을 날도 이제
얼마 남지 않았다.

려 하자 몸이 자꾸 말을 듣지 않기도
했다.

'나'란 사람은 왜 그렇게 생각이나
걱정이 많은 건지. 시간이 많아지니
오만가지 생각이 다 들었다. 많아진
생각들과 걱정들을 핑계로 수능을
쳐야 한다는 걸 알면서도 공부는 하
지 않고 누워서 놀기만 했고, 학교에
가지 않으니 시간 개념도 제멋대로
바뀌었다. 학교에 가지 않는 동안의
시간은 느리면서도 빨랐고, 빠르면
서도 느렸다. 너무 지루해서 '왜 이
렇게 시간이 안가지-'라고 생각하다
가도, 눈 떠보면 어느새 한 달이 순
식간에 지나가 있었다.

그렇게 시간이 흘러 벌써 가을이 다가온다. 올해의 나는 너무나도 나태했었
고, 소중한 시간을 그저 보내버린 날들이 많았다. 그런 지난날들을 '항해 도중 길
을 잃어 방향을 잡지 못했던 날들'이라는 그럴듯한 말로 포장하고 싶지만, 돌아
보면 결국 그렇게 나태하게 살았던 나였기에 이제 더 이상 스스로를 합리화하지
않기로 했다. 이제 수능도, 고등학생 시절도 얼마 남지 않았다. 지나가면 다시는
돌아오지 않을 하루하루를 스스로가 좀 더 소중히 여기려고 한다.

Epilogue

'모든 순간들이 아름답고 좋았다고, 그때의 나에게 말해주었다면 좀 더 소중히 하루하루를 살았을까'라는 생각이 드는 밤이다. 좋았던 추억들은 좋았던 대로, 힘들었던 추억들은 힘들었던 대로, 어쩌다 보니 다 지나간 듯하다. 돌아가고 싶지만 돌아갈 수 없는 나의 기억들 속으로 다시 한 번 간다면, 그때의 나에겐 다 소중한 것이었다고 말해주고 싶다.

소중한 것은 워낙 가까이에 있어 우린 잘 알지 못한다. 익숙함에 속아 항상 잊어버리는 우리의 소중한 시간들과 추억들을 절대로 잊지 않기 위해 노력해야겠다. 왜냐하면 나의 모든 순간은 저마다의 의미대로 밝게 빛을 내기 때문이다. 나는 그 모든 아름다운 순간들에 색을 입힌다.

사실 시간은 단지 시간일 뿐이다. 그러니 그냥 흘러가는 시간에 의미를 두지 말고 '나의 시간'에 의미를 두어야 한다. 그것은 나에게만 존재하는, 단 하나의 시간이니 말이다. 이 시간은 원래 시간에 비해 느리게 흘러가기도, 빠르게 흘러가기도, 반대로 흘러가기도 한다. 나는 이것을 이제 서두르지 않고 바라보기로 했다. 그 시간 속에서 지금 많은 것을 배우고 고치고 알아가고 있다.

멈춤 없는 물은 끊임없이 흐르는 시간 같다.

'코로나'는 갑작스럽게 우리의 일상에 들어오더니 이제는 너무 익숙한 존재가 되어버렸다. 집에 있어야 하는 시간이 늘어나고, 그에 따라 생각하는 시간도 많아졌다. 여러 글도 써보고, 그때 썼던 글들을 다시 읽으며 가치관과 생각의 변화, 스스로를 성찰하면서 변화된 모습들을 돌아볼 수 있었다.

우리 모두가 결국은 우주 속 먼지의 일부이고, 정말 작은 존재에 불과하다고 생각하면 끝없는 허무주의 속에 빠질 수도 있지만, 그렇게 작고 작음에도 불구하고, 우리는 저마다의 빛을 내며 살아가고 있다. 그 사실을 되새기며, 계속해서 자신과 투쟁 중일 모두에게 이 글을 바치고 싶다.

이 진

2004. 07. 23.

올해 열일곱 살이 되었습니다.

취미는 음악 듣기와 영화 감상입니다.

고양이를 좋아합니다.

사진은 제 친구 정서가 찍어 줬습니다.

벌써,
여름이네

WRITTEN/PHOTO BY 이 진

illustrated by 최수빈

Prologue

📷 여름의 하늘은 나를 성찰하게 만든다.

2020년, 나는 어느덧 고등학생이 되었다.

코로나 사태 때문에 혼란스럽지만, 시간은 빠르게 흘러간다.

그렇게 무엇 하나 한 것도 없는데 어느새 벌써 여름이 왔다.

지난 2020년 동안의 나에 대한 성찰과 코로나에 관한 생각을 담았다.

벽

우리의 평범한 일상은 코로나 상황으로 인해 많은 제약을 받게 되었다. 사람들은 최대한 밖에 나가지 않으려고 했고, 외출 시에는 마스크를 꼭 착용했다. 학생들은 학교를, 직장인들은 회사를 갈 수 없었고 이 때문에 도로는 전보다 한적했다. 사회가 잠시 멈춘 듯했다. 그런데도 우리는 오프라인 만남을 온라인으로 하는 등 새로운 방법을 찾았고, 다시 바쁘게 움직이기 시작했다. 코로나 사태 때문에 지체되었던 일정을 다시 되돌리기 위해서인지 사회는 전보다 더 빠르게 돌아가는 듯 했고 학교 일정 역시 빠르게 흘러갔다.

하지만 나는 빠르게 흘러가는 일상 속에 적응하지 못하고 있었다. 회의감이 가득했다. 공부든 내면의 성장이든 하나도 발전하지 않은 것 같았다. 내 모습은 겉만 번지르르하고 속은 텅 빈 깡통 같았다. 주변 사람들이 "너 공부 잘하지 않아?"라고 물으면 난 "그렇다."라고 대답할 수 없었다. "공부 열심히 하네."라는 말에도 뿌듯할 수 없었다. 겉으로만 그렇게 보이지 실상은 달랐기 때문이다. 항상 계획을 짜지만 다 지키지 못했다. 분명히 다 할 수 있는 공부량인데도 불구하고 계속 미루거나, 혹은 아예 완료할 수 없는 공부량을 정해서 시간이 오래 걸리거나, 당장에라도 책을 펼치고 공부를 할 수 있는데 휴대전화를 보면서 시간을 보내기 때문이었다.

온라인 개학 후, 수업을 다 듣고 과제를 내면 이미 오후가 되어 있었다. 온라인 수업 강의 시간이 길었다는 이유로 계획을 다 못 지켰다고 스스로를 합리화했다. 사실 강의 시간도 그렇게 길지 않았다. 이러면 안 된다고 마음을 잡아도 다시 나태해졌다. 계속 도돌이표처럼 되풀이되는 일상과 이런 나의 모습이 너무 싫었고 바꾸고 싶었다.

그렇다고 해서 내가 좋은 사람이었느냐면 그것도 아니다. 내가 생각하는 좋은 사람은 겉모습뿐만 아니라 속도 단단한 사람이다. 이성적, 논리적, 객관적이며 감정에 휩쓸리지 않는 모습을 가지고 있고 신중하며 타인에게 친절하고 말을 함부로 하지 않는다. 그런 사람은 또한 자신이 세운 계획을 다 달성한다. 나는 그런 '좋은 사람', '이상적인 나'가 되고 싶다. 하지만 지금의 나는 감정이 격해지면 눈물부터 나오고 말도 함부로 내뱉게 된다. 그러고 나서 내가 한 행동을 후회한다. 항상 고치고 싶어서 시도해봐도 나도 모르게 이런 모습이 튀어나온다.

현재의 나로서는 내가 원하는 좋은 사람에 가까워지기 힘들다고 느꼈다. 보이지 않는 큰 벽에 부딪힌 듯했다. 그 너머에 다가갈 수 없을 것 같았다. 그래서 더 나은 내가 되기 위해 내게 필요한 것이 무엇인지 찾아야 한다는 생각이 들었다. 그리고 그걸 토대로 성장하고 싶었다.

📷 내 앞을 가로막고 있는 듯한 벽

열쇠

　대학교 강의가 온라인으로 대체되자 반수를 하는 수험생들이나 온라인을 활용해 판매하는 기업들처럼 몇몇 사람들은 '코로나'라는 위기를 기회 삼아 자신이 원하는 목표를 이루려고 했다. 그들은 혼란스러운 상황임에도 열심히 일상의 페이스를 계속 유지하며 살아가고 있다. 이런 사람들이 있는 반면 나는 '코로나19'라는 상황 때문이라며 앞서 말한 행동들을 합리화하였다. 한마디로 자신이 처한 상황과 상관없이 주어진 일을 어떻게 해결할 것인가는 자신이 정하는 것이고 오히려 위기도 기회로 만들 수 있다는 사실을 놓치고 있었다. 위기를 기회라고 생각하는 사람이 되는 것이 더 나은 나를 위해 필요한 첫 번째 열쇠임을 깨달았다.

　벌써 여름이 되었고, 격주 등교를 얼마 하지 않았을 때 어머니께서 내게 말씀하셨다. "공부를 잘하든 못하든 상관은 없어. 공부를 못해서 안 좋은 결과가 나와도 스스로가 미련 없이 공부했다면 그것만으로도 충분해. 아무리 나쁜 상황이더라도 어떻게든 자신이 길을 개척하면 돼. 비록 인생은 성공과 실패로 이루어지지만, 후회 없이 열심히 하면 결과가 좋든 안 좋든 그 결과를 받아들일 수 있어. 그러면 '난 할 수 있는 만큼 했다.'라는 마음가짐을 갖게 돼. 하지만 노력하지 않아서 결과가 안 좋게 나온다면 분명 그때 왜 열심히 하지 않았는지 후회할 거야."

어머니와의 대화를 통해서 공부를 열심히 해야겠다는 마음이 들었다. 항상 공부를 '적당히'해도 어느 정도 성적이 나왔기 때문에 온 힘을 다해서 공부한 적이 없던 것 같다. 항상 '이 정도면 되겠지'라는 마음으로 공부했다. 하지만 생각해보면 시험을 치고 나서 후련했던 적은 없었다. 적당한 결과가 나오더라도 '어디 부분을 공부했다면 이 문제를 맞힐 수 있었는데. 시험 전에 한 번만 더 봤으면 더 쉽게 풀 수 있었는데.'라는 생각이 들었고 항상 과거에 대한 아쉬움이 있었다.

돌아보면 최선을 다해 노력한 적이 없었던 것 같다. 앞에서는 계획을 지키지 못해서 공부를 못했다는 식으로 썼지만 사실 제대로 된 노력을 하지 않았다. 나는 노력을 했다고 생각했지만 그건 제대로 된 노력이 아니었다. 휴대폰, 컴퓨터를 하는 쉬는 시간을 줄이고 남은 계획을 마저 해야겠다고 생각하지 않았고 내일 마저 해야겠다는 생각으로 미룬 적도 있었다. 어떤 일에 열중하는 대신 계속해서 이유를 찾아 합리화하였다.

하지만 이런 식으로 매 순간 온 힘을 다하지 않는다면 항상 성취의 보람보다 아쉬움이 먼저 따를 것이다. 그래서 나는 쉽게 시도할 수 있는 공부부터 최선을 다하기로 하였다. 내게 필요한 두 번째 열쇠는 노력하는 자세임을 깨달았다.

개학을 하고 며칠 뒤, 학교를 마치고 집에 가기 위해 버스를 탔다. 창밖에는 하늘이 보였다. 하늘을 보니 문득 윤동주 시인이 쓴 '길'이라는 시가 떠올랐다. '길'이라는 시에서 화자는 잃어버린 '이상적인 나'를 찾기 위해 길을 걷고 있었다. 그는 길옆에 있는 돌담 때문에 그 너머에 있는 세상과 그가 찾고 있는 '이상적인 나'를 보지 못한다. 돌담이 길과 평행 상태에 있어서 그 세상에 도달할 수 없기 때문이다. 그래서 그는 '이상적인 나'를 회복하기 어렵다고 느끼며 하늘을 쳐다보았다. 하늘은 순수하고 더없이 높은 존재여서 그로 하여금 부끄러움을 느끼게 하였고 이는 오히려 그가 자기 성찰을 통해 새로운 의지를 북돋게 하는 계기를 마련해 주었다. 하늘을 통해 그는 포기하지 않고 '이상적인 나'가 되기 위해 계속 노력하겠다고 굳게 다짐한다.

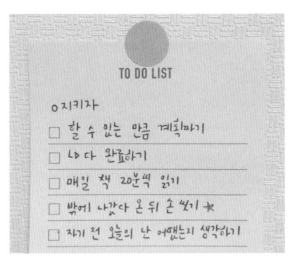

📷 앞으로 지킬 목록들, 깨달았던 것들을 바탕으로 작성해 보았다.

　나도 그와 같이 끝이 보이지 않는 길을 걷고 있다고 생각한다. 보이지 않는 돌담 같은 큰 벽이 나를 가로막고 있는 것 같다. 그 너머에는 내가 원하는 이상적인 내가 있다. 나도 '길'에 나오는 화자처럼 성찰하며 나 자신을 계속 돌아본다면 어느 순간 '이상적인 나'에 도달할 수 있지 않을까. 내게 필요한 세 번째 열쇠는 성찰임을 깨달았다.

이 # 제, 나 는

'벌써 여름이네.'

아직 무엇하나 이룬 것도 없는데 2020년의 반이 지나가 버렸다. 하지만 다르게 생각하면 아직 2020년이 끝나기까지 몇 달이나 남았다는 뜻이다. 그래서 지금부터라도 다시 시작해보려고 한다. 고등학교 졸업 전까지 남은 시간을 기회로 삼아 노력과 성찰을 통해 더 나은 내가 되고자한다. 힘들어도 포기하지 않을 것이다.

'no pain, no gain'이라는 말처럼 고통 없이 얻는 것은 없다고 생각한다. 힘든 상황이 오더라도 기회라고 생각하고 이겨내겠다. 처음에는 힘들겠지만, 시간이 점점 지날수록 성장하는 나의 모습을 보고 싶다. 여전히 코로나19 사태로 힘들고 혼란스럽지만 포기하지 않고 노력하겠다.

또 오늘 하루는 어땠는지, 상대에게 무례한 행동을 하진 않았는지, 계획을 다 달성했는지, 공부에 최대한 노력을 기울였는지 등 작은 것부터 스스로 성찰하기로 마음을 먹었다.

위기를 기회로 삼는 자세, 항상 노력하는 마음가짐, 나를 돌아보는 성찰을 통해 보이지 않는 벽을 넘을 것이다. '이상적인 나'에게는 아직 다가서지 못했지만 나는 나만의 속도로 천천히 한 걸음씩 나아가겠다.

Epilogue

    도서부에 들어와서 처음으로 글을 쓰게 되었습니다. 아직 서툴고 부족한 필력이지만 제 생각을 진솔하게 표현하고 싶어서 열심히 썼습니다. 부족한 글이지만 읽어주셔서 감사합니다.

    쓰담쓰담 책쓰기 동아리 덕분에 글을 완성할 수 있었고 정말 값진 경험을 한 것 같습니다. 코로나19 사태가 언제 끝날지 모르지만, 다같이 힘을 내어 이 기간을 이겨냈으면 좋겠습니다.

📷 나만의 속도로 걸어갈 길이다.

이나연

2003. 12. 12.

서늘한 밤

아무도 오지 않는 고요한 정자 아래서

아무것도 하지 않고 가만히 앉아

내 모든 것을 내어 준 유일한 한 사람을

끊임없이 기다리고 기다리는 중.

나의 전부인 그 사람과 함께 하지 못한 시간은

아직 흘러가지 않았기에

난 여전히 그와 함께 보낸 2016년에 머물러 있다.

Dear Me of Past

WRITTEN/PHOTO BY 이나연

2020년은 다른 누가 아닌,

너를 위한 2020년이 될 거야.

illustrated by 석아현

Prologue

2020년은 그야말로 재앙의 해였다. 연초 퍼지기 시작한 코로나바이러스로 인해
우리는 '사회적 거리두기'를 실천해야만 했으며, 26만 명의 가해자를 낳은 이름하여
'n번 방 사건'에 수없이 많은 이들이 분노를 표출하였고, 해외 뉴스에서 보도가
되기까지 했다. 그뿐만 아니라 흑인 인종차별로 인한 'black lives matter' 운동,
안동에서 일어난 큰 산불에 심지어는 엄청난 폭우로 인해 나라 전체에서 발생한
물난리까지. 이보다 더 다사다난하고 다이내믹한 해가 또 있을까?
많은 이들에게 2020년은 큰 타격이었을 것이다. 줄어든 수입, 늘어난 걱정거리,
부각되는 우울 증세까지 누구 하나만의 이야기는 아닐 것이다. 그래서 나는
2020년에 변화된 나의 삶과 목표, 더욱 확실해진 진로에서 더 나아가 2020년의
다사다난했던 사건들에 대한 나의 관점과 염원을 담아 2060년의 '나'로부터
2020년의 나를 바라보고자 한다.

미래에서 온 편지

안녕, 나연아.

너는 2020년에 이 편지를 읽고 있겠지? 이제 2020년도 한창 여름 중반쯤 되겠다. 내가 너에게 꼭 전하고 싶은 말이 있어서 이렇게 편지를 쓰게 되었어.

illustrated by 권나경

📷 2060년에서 날아 온 너에게 보내는 편지

아, 먼저 내 소개를 해야겠지? 지금은 2060년이야. 나는 60의 나이를 바라보고 있어. 벌써 ○○교회의 권사님이 되었고, 아들 둘, 귀여운 막둥이 하나와 누구와도 바꿀 수 없는 사랑하는 나의 남편과 살고 있어. 귀여운 고양이 은이, 동이까지. 네가 바라던 가정을 꾸리고 사는 아줌마가 되었어. 그런 내가 왜 이제서야 편지를 쓰냐고? 18살 네가 꾸고 있던 꿈을 이루고, 드디어 너의 앞에 나타나기에 부끄럽지 않은 내가 되었거든. 환갑이 되도록 잊히지 않는 2020년의 삶이 다시금 떠오른 이 늙은이가 너에게 해주고 싶은 말이 너무 많았던 나머지 이렇게 찾아오게 되었네. 한창 파릇파릇한 2020년의 너에게 2020년의 삶에 관해 이야기하려고 해. 내가 지금 어떤 삶을 살고 있는지도 궁금하지 않니? 그렇다면 이 편지를 꼭! 읽어줘. 부디 나의 이야기가 지루하지 않길 바라며 시작해 볼까?

난 너에게 편지를 쓸 때 꼭 2020년의 너에게로 와야겠다고 생각했어. 많은 사건·사고들이 있었을 뿐 아니라 너의 내적으로도 많은 변화가 있을 때라서 말이야. 감히 말하건대 지금까지 살아오면서 가장 다이내믹했던 다섯 해를 꼽으라고 한다면 절대 2020년을 뺄 수 없을 거야. 사회 전체가 혼란스러웠지만, 그 혼란스러움 속에서의 넌 지금의 '나'를 존재할 수 있게 해준, 나에게 가장 큰 영향을 준 존재였어.

너, 고등학교 1학년 때 받은 점수가 꽤 충격이었는지 겨울방학이 되자마자 독서실에 다니기 시작했잖아. 그때 너의 모습을 여전히 칭찬해 주고 싶어. 그런데 코로나가 터지고 방학이 길어지면서 4월까지 꾸준히 독서실에 다니게 되었지? 사실 그때 좀 힘들었을 거야. 개학은 한없이 뒤로 밀려나고, 상황은 좀처럼 나아지지 않았지만 그래도 네가 이 상황에서 할 수 있는 생산적인 일은 공부를 해서 성적을 올리는 것밖에 없으니 공부라도 열심히 했을 거야. 놀러 갈 수 있는 곳은 아무 데도 없었고, 나라 전체가 모두 우울해지는 시기에 그래도 잘 버텼다고 생각해. 내가 생각하기에는 그 때 네가 좋아하는 아이돌이 컴백했었잖아? 그 덕에 우울한 마음이 조금은 사그라지지 않았나 싶어. 처음으로 음악방송도 본방 사수해 보고, 봐야하는 아이돌 동영상들이 여러 개가 밀려서 허둥지둥 하는 일도 없었잖아.

　그때의 넌 지금이야말로 덕질하기 딱 좋다고 생각했던 것 같아. 네가 코로나 '덕분'이라고 말할 수 있는 몇 개의 일 중에 하나라고 생각해.

　'지금쯤이면 시끄럽고 복잡해야 할 도로인데….'라는 생각이 들었던 코로나 사태 이후의 한적한 퇴근길 도로, '이 시간엔 항상 사람들을 마주쳤는데….'라고 생각이 들게 하는, 개미 한 마리도 보이지 않던 조용한 길거리는 밤이 일찍 찾아오는 차가운 겨울에 더욱더 한기를 더해주는 곳이 되어버렸어. 그래도 덕분에 밖에서 혼자만의 시간을 보낼 수 있었지? 조용한 정자에 앉아서 가만히 아무것도 하지 않고 멍 때리는 시간이 얼마나 좋았는지, 난 아직도 사람이 없는 한적한 곳에서 혼자만의 시간을 가지곤 해. 그게 다 2020년의 너 덕분이야. 여전히 홀로 있으면 그 당시의 조용하고 으스스한 기분이 느껴지곤 해.

📷 평소와 달리 조용한 집 앞

변화된
일상 속의 너
#

📷 2020년 버킷리스트였던 카페 이벤트 참여하기와 벚꽃 구경 가기를 함께 이룬 날

　이 편지를 읽는 너는 아직 2020년에 살고 있으니 내 말에 엄청 공감할 것 같아. 처음 온라인 개학이 시작됐을 때 절망적이었지? 차라리 학교에 가서 공부하고 말지, 하며 엄청나게 싫어했잖아. 새벽 2시에 잠들어 아침 10시에 깨는 생활이 일상이 된 그 당시에 아침 일찍 일어나 코로나 자가 진단을 해야 한다니, 다시 생각해도 너무 끔찍하다! 그래도 온라인 개학을 엄청나게 싫어한 너 치고는 꽤

수업도 잘 듣고 아침에 일찍 일어났어. 정말 칭찬해! 기억나? 1시간짜리 인강을 보면서 여유롭게 코코아 타 마시고, 음악 감상 중에 여러 가지 채소들을 모조리 섞어서 비빔밥도 해 먹고, 수업을 일찍 끝낼 수 있는 월요일에는 늦잠도 자고 그랬었지. 어떤 날은 늦잠을 자버려서 담임선생님께서 6통, 엄마는 4번이나 전화하시고, 결국 오빠가 와서 널 깨워 줬잖아. 아직도 그때 생각하면 그 당시 얼굴도 한 번 뵙지 못했던 선생님께 죄송하고 너무 부끄럽기만 해.

많이 변해버린 일상에 혼란스럽긴 했지만 그래도 학교에 안 가니까 너만의 시간이 늘어났잖아. 덕분에 꼭 길러야지 다짐만 하고 실천하지 못했던 앞머리 기르기도 성공하고, 평일에만 오픈하는 카페 이벤트에 참여하기도 성공하고, 평소라면 야자에 심자까지 해야 해서 가지 못한 벚꽃 구경도 갈 수 있었지.

온라인 등교가 아닌 대면 수업을 위한 첫 등교 날, 기억나? 오랜만에 입는 교복과 생활복에 꽤 들떠 있지 않았니? 마스크를 꼈지만, 눈은 마스크로 차마 가릴 수 없었기에 이미 모두가 개학에 설렌다는 눈빛을 느낄 수 있었어. 너처럼, 내 주변 친구들도 그랬었지. 모두가 반은 신나는 마음, 반은 걱정되는 마음을 가지고 등교했던 것 같아. 처음 교실에 들어갈 때 낯선 선생님, 낯선 친구들, 모든 게 낯선 교실에서 태연하게 앉아 있던 너를 생각하면 아직도 피식 웃음이 나와. 마스크로 가린 얼굴을 가림막 사이로 치켜들어 은근슬쩍 서로를 탐색하는 친구들의 모습까지도 생생하게 기억난다.

그렇게 수요일, 목요일 이틀 동안 열심히 반 친구들에 대해 탐색하고 금요일, 실장·부실장 후보를 선정했던 날을 기억해봐. 난 이미 너무 오랜 시간이 흘러 버려서 기억이 가물가물하지만 지금도 부실장인 너는 생생하게 기억할 거야. 금요일엔 부실장에 출마할지 고민하다 결국 손도 못 들고 주말 동안 열심히 고민하고, 심지어 앞에서 공약을 말할 때 친구들의 반응, 마지막으로는 당선되었을 때의 네 모습을 떠올리며 열심히 고민해 봤잖아. 그렇게 주말을 심장이 콩닥콩닥하게 보내고 월요일이 되던 날! 결국 부실장 선거에 나가게 되었지.

아는 친구보다 모르는 친구들이 더 많은 어색한 교실에서 부실장이 되겠다고 나섰던 너를 생각하면 너무 대견하다고 느껴. 그날 이후로 어떤 일이든지 조금 더 자신감을 가질 수 있게 되었던 것 같아.

너의 학교생활, 기대했던 것보다 훨씬 적막하고 어수선한 분위기에 많이 놀랐지? 언제나 존재하던 짝꿍의 존재도 사라지고, 가림막이 생기면서 더욱더 고립된 기분도 들고. 급식실에서는 함께 얘기 나누며 밥 먹지도 못하고, 심지어 밥도 금방 먹을 수 있게 간단하게 나왔잖아. 교내 화장실에선 양치질도 못 하고. 처음엔 학교도 격주로 가니까 친구들하고 친해지기도, 말을 걸어보기도 힘들었을 거야. 아직 반 친구들이랑 완전히 친해지지 못했지? 이제 여름 방학이고, 2학기가 시작되기 2주 전이라 다시 또 고민할텐데, 2학기가 시작되면 학반 친구들이랑 친해져야 한다는 부담감을 가지기보다 너의 모습 있는 그대로를 보여줄 수 있으면 좋겠어. 억지로 꾸며낸 너의 모습이 아니라 진짜 너의 모습.

📷 가림막이 설치된 교실 책상과 그 서랍에 들어있는 또 하나의 가림막

여름 방학이 지나면 곧 2학기가 시작될 거야. 아직 겪어 보지 못한 너의 미래 니까 더 집중해서 들었으면 좋겠다. 2학기는 1학기보다 더 순식간에 지나갈 거 야. 부실장이라서 더 바쁘기도 할 테고, 너 자신도 공부를 좀 더 열심히 해야겠다 는 다짐을 했을 거야.

여름 방학이 시작될 때쯤 다시 코로나바이러스가 확산될 거야. 아마 그때 거 리두기 3단계가 시작될 위기에 당분간 학교에 다시 가지 못하게 되었지? 하지만 너무 많은 걱정은 하지 않아도 돼. 이미 너무 큰 변화을 겪어 봤기에 사람들은 어 떻게 대처해야 하는지 잘 알고 있거든. 너 스스로도 조금 더 경각심을 가지고 행 동할 수 있게 되었으니 다른 사람들도 그렇겠지? 난 조금은 정상적으로 돌아온 학교생활에 다시금 적응해야 해서 너무 힘들었어. 너도 부디 돌아온 일상에 금 방 적응하길 바라. 아, 물론 마스크 착용은 3학년이 되기 전까진 절대 피할 수 없 다는 거 알고 있으렴.

난 2학기가 되고 나서 1학기보다 더 열심히 공부했어. 그래서 그런지 2학기 성 적은 1학기보다 좋았어. 내가 성적을 맞춰서 가야겠다고 생각한 대학교는 쉽게 들어갈 수 있고, 심지어 가고 싶지만, 성적 때문에 꿈도 꿀 수 없었던 대학교에 지원할 수 있는 성적이 되었어. 너는 부실장으로서도 부끄럽지 않게 열심히 노력했어. 모든 친구와 친해지려고 노력했으니까. 지금의 네가 친구들과의 관계로 걱정을 많이 할 것 같아. 반 친구들은 네가 생각하는 것보다 훨씬 착하고 배려심 많은 친구들이니까 너무 큰 걱정을 하지 않았으면 좋겠어.

너에게 마지막으로 해주고 싶은 말이 있어. 난 네가 주변으로부터 받은 스트레스 때문에 너무 끙끙 앓고 힘들어하지 말았으면 해. 힘들어하고 있기엔 네가 고등학생으로서 경험할 행복하고 즐거운 추억들이 너무 많거든. 조금 더 넓은 사고로 많은 것들을 경험하고 바라볼 수 있는 네가 되길 바랄게.

이제 2060년의 나에 대해서 알려줄게. 난 네가 바라고 바라던 ○○대학교에 입학해서 열심히 대학 생활을 즐겼어. 그러다가 아동심리로 전공을 이어갈지, 범죄심리로 전공을 이어갈지 많이 고민했고, 결국은 나에게 더 의미 있고 내가 세상에 더 큰 영향력을 끼칠 수 있겠다고 생각한 전공을 선택해서 지금은 그 분야의 정상에 서 있어. 뭘 선택했는지 궁금하지? 비밀이야! 다만 내가 지금 이 분야 최고라는 것만 알아둬!

illustrated by 하수민
📷 대학교를 졸업한 나

물론, 엄청난 노력을 해서 이룬 자리니 자만해서 공부도 덜하고 그러진 말고. 내가 최고가 되기 위해 노력했던 것보다 더 많은 것들을 경험하고 배워가면서 지금의 나보다 전문가가 되어 있는 네 모습을 기대할게. 지금도 충분히 잘 하고 있으니 너무 조급해하지 말고 하나님의 품 안에서 행복하게 살아가길 바라. 조만간 또 찾아올게. 그동안 건강하게 잘 지내고 있어!

Epilogue

나에게 편지를 쓰면서 많은 고민이 생겼다. 이 글을 쓰고 있는 시기만 해도 다시 코로나19가 확산되어 확진자가 300명에 달했다. 당연히 괜찮아질 거라고 예상했지만 2020년 하반기가 다시 뒤집어질 위기에 놓이니 희망찬 미래를 기대하며 써 내려간 이 글이 2020년의 현실과 너무 동떨어져 괴리감이 느껴지지는 않을까 하는 너무나도 큰 고민이 생겼다. 하지만 내가 바란 2020년을 위해 써 내려간 글이므로 앞으로의 2020년이 어떻게 변화해도 흔들리지 않고 쓰기로 마음먹었다.

이 편지로 남은 2020년뿐 아니라 나의 미래까지 함께 세워나갈 수 있게 되어 굉장히 의미 있었다. 막막했던 남은 입시 준비기간, 불편하고 힘들었지만 좋은 추억이 훨씬 더 많아 의미 있던 고등학교 생활, 하지만 내 인생을 다 내어줘도 아깝지 않을 친구와 함께하지 못해 아쉬움이 컸던 그 시간에 대해 더 진지하게 돌아보고, 이를 통해 나 자신을 성찰할 수 있었다.

2020년은 정말 다사다난했다. 이 편지에 2020년에 있던 모든 일을 다 담아낼 수 없었을 정도로 너무나도 많은 사건이 한꺼번에 일어났다. 비록 모든 사건을 담아내지는 못했지만 험난했던 2020년을 겪은 많은 이들이 이 책을 읽으며 함께 공감하고 반응할 수 있는 책이 되길 바란다.

부디 2060년의 내가 이 글을 다시 읽고 웃을 수 있도록, 이 글을 읽기에 부끄럽지 않을 만큼 많이 성장하고 내가 활동하는 분야에서 정상에 오를 수 있도록 내가 더 노력해야겠다는 다짐을 마지막으로 지금도, 2060년에도 여전히 끊임없이 나의 곁에 계시는 하나님께 영광을 돌리며 이 글의 막을 내린다.

Q2

코로나로 변화된
일상에 잘 적응하고 있나요?

송 미 애

1993. 10. 10.

오래전 어느 가을날,

푸른 가을 하늘 아래

하늘색을 좋아하는 한 소녀가 태어났다.

소녀는 학교에 다니며 선생님이 되고 싶단 꿈을 꾸었다.

훌쩍 자란 소녀는 중학교에 들어갔고,

운명처럼 도서관을 만나게 되었다.

도서관을 갈 때면 심장이 두근거리기 시작했다.

사서 선생님이 되겠다는 꿈을 가지고

소녀는 훌쩍 자라 어른이 되었다.

2020년, 드디어 시지고등학교에서 학생들을 만났다.

초보 사서교사의
첫걸음

WRITTEN/PHOTO BY 송미애

Prologue

초보(初步).

처음으로 내딛는 걸음이라는 의미가 담겨 있다.

2020년 시지고등학교 도서관 '이심재'에서

사서교사로 학생들과 만나며 경험한 이야기들을 담았다.

코로나로 인해 생겨난 많은 좌충우돌 에피소드와

교사로서의 학교생활 적응기를 기록하고 싶어

'초보 사서교사의 첫걸음'이라 이름 붙였다.

📷 새로 단장한 시지고등학교 도서관의 모습. 2020년을 맞아 학교도서관에도 많은 변화가 생겼다.

📷 휑한 도서관 출입구(위)
3월. 텅 빈 운동장의 모습(아래)

두근두근 도서관

2020년 2월의 어느 날, 시지고등학교와의 첫 만남이 시작되었다. 개학을 맞아 도서관을 어떻게 꾸려나갈지 학교도서관 운영계획, 독서인문교육 계획을 세우며 두근두근 설레는 마음을 안고 3월을 맞이했다.

드디어 첫 학교생활이 막 시작되려고 하던 순간 다시 코로나가 확산되고 있다는 소식이 들려왔다. 예상 밖의 청천벽력 같은 소식이었다. 3월임에도 학교에서 학생들을 만날 수 없게 되었다. 작년 같았음 새 학기를 맞이하고, 새로운 선생님과 만나고, 새로운 친구들을 사귀는 아이들의 웃음소리로 가득 채워져야 할 학교가 텅 비었다. 도서관과 운동장에도 적막함이 감돌았다.

어느덧, 벚꽃이 만개하는 4월이 되었지만, 여전히 세상은 코로나로 인해 멈춰버린 듯했다. 학교에서는 여전히 학생들의 모습을 볼 수 없었지만 더 이상 기다릴 수만은 없었다. 책과 학생들 사이를 연결시켜주는 것이 사서교사가 학교에 있어야 할 이유이고, 학교도서관의 역할이라 생각했기에 안전하게 책을 대출할 수 있는 묘안을 곰곰이 떠올리기 시작했다.

타고 드라이브 스루를 ♬ 책은

🔊 안전 북 드라이브(워크)스루
안내 포스터

안전하게 책을 빌리고 반납할 수 있는 여러 가지 방법을 생각하다 떠오른 것이 있었다.

그건 바로 드라이브 스루(thru)!

'패스트푸드점 드라이브 스루는 해봤어도, 도서관에서 드라이브 스루를? 과연 가능한 걸까?' 사실 처음 시도해 보는 방법이라 걱정이 밀려왔다.

북(Book) 드라이브 스루를 운영하려고 계획하다 보니 어떻게 예약 신청을 받을까, 언제 책을 가지러 오도록 해야 할까 등등 점점 고민이 늘어갔다. 그렇게 며칠간, 시뮬레이션을 계속하며 시행착오를 거친 후 드디어 대출 예약제가 시작되었지만 열심히 준비한 만큼 학생들이 책을 많이 빌려 갈지 걱정 반, 기대 반이었다.

결과는? 예약 신청이 많이 들어왔다! 백 번 생각해도 드라이브 스루를 시작한 건 잘한 일이었다. 책을 받으러 도서관 문 앞에서 빼꼼히 고개를 내밀던 학생들의 모습이 떠오른다.

"선생님, 저 북 워크 스루 예약 신청한 책 받으러 왔어요."

본격적으로 드라이브 스루 대출을 시작하면서 나의 아침 일과도 달라졌다. 전날 예약 신청이 들어온 대출 목록을 뽑아 들고, 서가 사이로 가서 책을 찾은 뒤 바스락거리는 비닐봉지에 책을 담아 그 위에 학생들의 이름을 커다란 매직으로 큼지막하게 적은 뒤 워크 스루와 드라이브 스루 신청 도서를 따로 구분했다. 초반에는 밀려드는 예약 신청에 책을 찾는 데 시간이 꽤 오래 걸려서 힘들었지만, 부장 선생님께서 함께 책을 찾는 작업과 드라이브 스루까지 도와주신 덕분에 제시간에 맞게 학생들에게 책을 전해 줄 수 있었다. 도서관 서비스가 이용자 중심으로 활성화된 이후 전면적 폐가제 도서관 운영은 보기 드문 경우였지만 코로나 19로 인해 폐가제를 실현해 볼 수 있어서 나로서도 참 신기하고 어쩌면 앞으로 몇 번 없을 특별한 경험이었다.

책을 받아 들고 웃는 얼굴로 집으로 돌아가던 학생들의 모습이 얼마나 예뻤는지 모른다. 동시에 나의 학창 시절 모습이 오버랩되며 스쳐 지나갔다. 나도 학교 수업을 마치고 늘 도서관에 들러 읽고 싶은 책을 빌려 가던 때가 있었는데… 세월이 흘러 어느새 나는 학생들의 모습을 보며 흐뭇한 미소를 짓는 선생님이 되어있었다. 참 신기했다. 불과 몇 년 전만 해도 학생이었던 내가 선생님이 되었다는 것을 실감하게 되었다.

illustrated by 배수민

📷 교문 앞에서 드라이브스루를 통해 책을 전달하는 모습

작가님! 안녕하세요?

　3월부터 재택근무가 시작되었다. 내가 해야 할 일을 정리해 보니, 난생 처음 작가 초청 강연을 계획하고 강연에 모실 작가님을 섭외해야 했다.

　우선, 섭외에 앞서 주제 분야를 선정하고 해당 분야 작가님을 모셔야 학생들의 강연 몰입도와 작품 내용 이해에 많은 도움이 되겠다고 생각했다. 우선 초청하고 싶은 작가님을 차례대로 노트에 적어 내려가기 시작했다. 작가님 성함과 함께 강연이 가능한 주제 분야와 강연 내용을 소개한 신문 기사나 작가소개 블로그, 출판사 웹 페이지를 모두 찾아 읽어가며 책의 내용과 수준이 고등학생에게 적합한지, 이전 강연 당시 학생들의 호응도는 어땠는지를 꼼꼼히 정리했다. 이런 과정들을 거친 후에 다시 최종적으로 선정한 주제 분야 중 관련 강연을 주로 진행하시는 작가님께 연락을 드리기 시작했다. 어찌나 떨리던지 아직도 머릿속에 그 과정이 생생히 남아 마치 어제 일인 것만 같다.

　따르르르릉.

　"안녕하세요? 작가님, 저는 시지고등학교 사서교사 송미애라고 합니다. 저희 학교에서 책 인문학 강연을 진행하려고 하는데 작가님을 꼭 모시고 싶습니다. 학생들이 작가님의 인생 이야기를 듣게 된다면 굉장한 용기를 가지게 될 것 같습니다. 강연 초청이 가능할까요?"

"와우, 영광입니다. 제게 그런 기회가 주어진다면 꼭 가고 싶군요."

섭외가 가능할까 하는 마음에 조마조마했던 내게 영광이라는 말을 해주신 작가님께 감사했다. 그리고 작가초청 강연이 왠지 모르게 성공적으로 진행될 것이라는 예감이 들었다. 이렇게 작가님과 강연 주제 및 대상, 내용에 대한 짧은 통화를 마친 후에야 긴장이 풀렸다.

그러나 기쁨도 잠시, 코로나로 3월 말이 다 되었음에도 또 다시 한 차례 개학이 연기되었다. 결국 4월에 예정되었던 저자 초청 강연도 연기할 수밖에 없는 상황이 왔다. 어쩔 수 없이 죄송한 마음을 안고 작가님께 전화를 드렸다. 당시는 대구에 코로나가 급속도로 번지고 있는 상황인지라 작가님께 말씀을 드리는 것이 더욱 조심스러웠다.

따르르르릉.

"안녕하세요? 작가님, 코로나로 개학이 한 차례 더 연기되었습니다. 죄송하지만 혹시 강연 일정을 조정할 수 있을까요?"

"그럼요, 괜찮습니다. 가능합니다. 날짜를 정해서 알려주시면 제 일정과 조율해 보도록 하겠습니다."

코로나가 확산되면서 강연 자체가 가능할지 걱정이 될 정도로 변수가 많았다. 강연을 시작하기도 전에 일정 조정만 3번을 되풀이했지만 강연을 기다리는 학생들의 눈빛과 학교 사정을 이해해주신 작가님 덕분에 강연을 진행할 수 있었다.

강연의 적극적인 참여를 위해 저자 초청 강연전에 토론 수업을 진행했는데 학생들은 작가님의 책을 받아든 순간부터 놀라울 만큼 몰입도가 높았다. 책을 나누어준 다음 날은 도서관으로 내려와서 "선생님, 시간 가는 줄도 모르고 책을 다 읽었어요!"라고 말하는 학생도 있었다. 몇몇 학생들은 토론 수업에 참여하지 못했지만, 개별적으로 작가님의 작품을 읽거나 SNS를 통해 작가님과 소통하며 작가님을 만나기 위한 기대와 열정으로 가득 차 있었다.

저자 초청 강연이 진행되는 모습

　드디어 강연 당일, 시청각실로 학생들이 하나둘 모이기 시작했고, 강연이 시작되기 전 작가님과 잠깐 이야기를 나눌 수 있는 시간이 생겼다. 그때 작가님께 학생들이 쓴 토론 활동지를 보여드렸는데 작가님은 굉장히 놀라신 표정이셨다.

　"학생들이 이렇게 깊은 대화를 나누었다니 정말 대단한데요? 저도 미처 생각하지 못했던 부분을 궁금해 하고 있군요!"라고 말씀하시며 미소를 지으셨다.

　2시간에 걸쳐 진행되는 강연이었지만 학생들 모두 열정 가득한 태도로 강연에 참여했다. 열린 결말에 대한 해석, 등장인물에 대한 궁금증, 이야기의 탄생 배경, 작가로 데뷔하기까지의 비하인드 스토리 등 책에서 배울 수 없었던 것들을 알아가며 강연에 푹 빠져 있었다. 작가님께서도 학생들의 적극적인 태도에 힘입어 계속되는 질문에도 질문마다 최선을 다해 답해주셨다. 현장 즉석 질문까지 포함해 예정된 시간이 지났음에도 불구하고 열기는 식을 줄 몰랐다. 강연은 작가님께서 모든 학생에게 사인을 해주시며 작별 인사를 건네신 뒤에야 마무리되었다. 작가님께서는 강연을 열심히 들어줘서 학생들에게는 고마웠다는 인사와 나에겐 강연 준비를 많이 해주셔서 감사하다는 말씀을 해주셨다.

강연 다음 날, "선생님, 제가 지금까지 들어본 강연 중 최고였어요."라는 학생의 말을 들으니 뿌듯하고 감격스러웠다. 학생들과 함께 강연을 듣고, 열띤 토론을 통해 생각을 나누면서 느끼고 배운 것이 많았다. 이번 강연은 학생들도, 선생님도 모두가 행복했던 강연이 된 것 같아 기쁘다.

코로나시대 # 만난아이들

📷 줄을 서서 이름을 적는 모습(왼쪽), 책 소독기를 이용하는 모습(오른쪽)

    코로나로 인해 학교도서관에도 많은 변화가 일어났다. 도서관 이용 시간을 정하고, 거리두기를 통해 입장 가능한 학생 수에 제한을 두었다. 도서관에 입장하기 전 발열 체크, 손 소독제 바르기, 출입명부에 이름을 적어야 원하는 책을 찾아볼 수 있었고, 대출한 책은 소독기에 넣고 소독을 마친 후에야 빌릴 수 있었다. 그럼에도 불구하고 학생들의 책에 대한 열정은 여전했다.

    코로나가 도서관에서 책을 빌리는 환경에도 많은 변화를 가져온 만큼 학생들에게도 도서관에 대한 생각의 변화가 있었다. 쉬는 시간, 점심시간 할 것 없이

언제든지 도서관에 와서 책을 고르고 잠시 소
파에 앉아 책을 읽기도 했던 도서관의 모습을
바라고 있었다.

"선생님, 도서관에서 책 읽으면 안 될까요?"
이 질문이 이토록 마음 아프게 들린 적이 또
있을까. "언제 다시 도서관에서 책 읽을 수 있
어요?"라는 질문도 많이 받았다.

이렇게 우리는 예기치 못한 계기를 통해 당
연하게 누렸던 일상의 소중함을 깨달아가고
있었다.

변화를 맞이하게 되면서 나 역시 도서관의
역할에 대해 다시금 생각해보게 되었다. 도서
관은 책으로 가득 찬 창고가 아닌, 책이 매개
체가 되어 여러 활동을 하고, 학생들이 책을
통해 많은 것을 경험하며 지적 호기심을 채워
가는 생명력 넘치는 공간이 되어야 한다. 하지
만 코로나19로 인해 도서관을 이용할 수 있는
시간이 제한적이었다. 시공간의 제약을 극복
하기 위해 행사 안내 포스터 제작이나 신간도

📷 학급별 안내를 위해 제작한
　　도서관 이용 방법 포스터

📷 학생들을 위해 주문한 책들이
　　도착해 쌓여 있는 모습

서 안내 목록을 만드는 등 더 많은 노력이 필요했다.

학교도서관은 1인 체제라 여러 가지 일이 동시에 이루어지면 힘겨울 때도 있
다. 대출·반납, 도서 구입 및 유지관리, 청구기호 배열, 목록 작성, 주제어 검색을
위한 서지사항 파악 및 입력, 동아리 수업, 대회 준비, 저자초청 강연, 기타 독서
행사까지. 물론 여기에 도서관 협력 수업도 진행하시는 선생님도 계시지만 기본
적으로 모든 사서 선생님의 공통된 업무만 보아도 사서교사는 참으로 다재다능

해야 한다는 생각이 들었다.

학교도서관 저널에 실린 어느 사서 선생님이 글이 떠오른다. "사서교사는 책과 각종 정보를 살피는 것이 중요한 업무이지만 학교도서관 운영 시간만으로 진득하게 책을 살필 시간을 갖기엔 부족함이 있다. 이용률이 높은 책, 베스트셀러, 교과 연계가 가능한 책들을 살피고 이용자의 요구 수준이나 목적에 적절히 연결할 수 있도록 독서하며 연구해야 한다."라는 말씀이셨다. 정말 무릎을 탁 칠 정도로 공감되는 내용이었다.

나 또한 매 학기 수서를 시작할 때면 출판 트렌드 파악, 주제별 균형 있는 장서 구성 등 여러 면에서 늘 학생들의 눈높이를 먼저 생각하게 된다. 무엇보다 책을 통해 어떤 성장을 할 수 있을까를 고민했다. 신간 도서 정보와 인기 있는 도서가 무엇인지를 정확히 파악함과 동시에 학생들의 정보요구를 파악하고 독서 교육의 방향을 제시할 수 있는 사서교사가 되려면 보이지 않는 노력이 정말 많이 필요하다는 것을 깨달았다.

만약 어떤 선생님이 되고 싶은지에 대해 이야기할 수 있는 기회가 주어진다면 나는 다양한 분야의 책들을 연구하고 책과 학생들을 연결하는 역할을 하며 독서를 통해 학생들의 삶에 선한 영향력을 줄 수 있는 사서교사가 되고 싶다고 말할 것이다. 독서는 한 사람의 일생을 바꿀 수 있을 만큼 영향력이 크고, 누군가에겐 한 권의 책이 인생의 터닝포인트가 될 수 있기에 책을 접하고 만날 수 있는 공간인 학교도서관에서 학생들이 책을 통해 많은 것을 경험하고 깨달으며 세상을 향한 첫발을 내디딜 수 있도록 도와주는 사서 선생님이 되고 싶다.

　도서관에서 쌓인 학생들과의 추억만큼 도서관과 나만의 추억도 많이 쌓였다. 개학을 준비하며 DLS 진급 처리를 했던 날, 행사 준비를 위해 학교에 밤 늦게까지 남아 있었던 날을 떠올리면 이만큼 시간이 흘렀다는 것이 믿기지 않는다.

　때론 힘든 날들에 좌절하기도 했고, 어떻게 해야 할지 몰라서 막막하기도 했지만 격주 등교에 따라 온라인 화상회의 앱을 이용해 동아리 수업도 하며 새로운 경험을 통해 조금씩 학교생활에 적응해 나갔다.

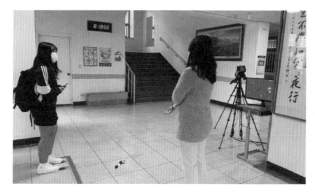

📷 등교 발열 지도를 하는 모습

그렇게 교사 생활 1년 차인 나는 책으로 배울 수 없는 것을 배우고 경험할 수 있게 되었다. 그리고 무엇보다 선생님으로서 학생들을 만날 수 있게 되어 행복했다. 정든 교정, 운동장, 현관, 도서관 출입문, 서가 곳곳에 손때 묻은 책들을 바라볼 때면 복잡 미묘한 마음이 피어오른다. 파노라마처럼 그동안의 기억이 머릿속을 스쳐 지나간다. 그 속엔 기쁨도 설렘도 긴장도 아쉬움도 함께 들어있다. 아무도 없는 도서관을 한 바퀴 빙 둘러본다. 빈 의자를 바라보니 재잘재잘대며 "선생님, 선생님."을 외치던 학생들의 얼굴이 떠오른다. 대출 데스크 앞에 줄을 서서 책을 빌려 가는 모습, 호기심 가득한 모습으로 추천 도서 목록을 구경하고, 책을 꺼내 드는 모습이 떠오른다. 독서에 대한 열정이 남달랐던 학생들의 모습과 함께 북적북적했던 점심시간의 도서관도 오래도록 기억날 것 같다.

📷 불 꺼진 도서관

Epilogue

📷 2020년, 나와 늘 함께한 마스크

2020년, 나는 교사 생활의 첫발을 내딛었다. 첫 학교, 첫 도서관, 모든 것이 처음이었기에 나에겐 정말 특별하고 소중했다. 모든 것이 처음이었기에 더 많은 것을 경험하고 배울 수 있었다. 물론 서툰 부분이 많았다. 하지만 초보 선생님만이 겪을 수 있는 과정이기에 더 의미가 있다고 생각한다.

좌충우돌 학교생활 적응기에 코로나 극복기까지 담고 나니 참으로 다사다난한 일년을 보냈다는 생각이 든다. 책을 쓰며 나 역시 2020년을 되돌아볼 소중한 기회가 되었다. 또 한편으로는 인생에 단 한 번뿐인 교사 생활 시작의 첫해를 책으로 남길 수 있어서 무척 행복하다. 그리고 학생들이 도서관을 떠올릴 때면 나를 열정 가득한 사서 선생님으로 기억해주면 좋겠다는 작은 바람도 생겨났다.

교사 생활의 첫걸음을 이 책과 함께 시작한 만큼 앞으로 항상 이 책을 보며 초심을 잃지 않는 교사가 되고자 한다. 무사히 학교생활에 적응할 수 있도록 도움을 주신 많은 선생님들께도 다시 한 번 이 페이지를 빌려 감사의 인사를 전한다. 처음 교사 생활을 시작하신 선생님들과도 함께 공감할 수 있는 이야기가 되었으면 좋겠다.

작가
소개

이 수 진

2004. 12. 11.

12월에 태어난 나는 겨울을 좋아한다.

노래 듣기와 피아노 연주하는 것이 취미였던 어린 날의 나는

시간이 흘러 고등학생이 되었고 쓰담쓰담 동아리에 가입했다.

그리고 지금, 내 인생 첫 번째 책을 쓰고 있다.

할머니,
2020년은 어땠나요?

WRITTEN/PHOTO BY 이수진

📷 텅 빈 도로, 싸늘한 사람들. 마스크로 인해 사람들 간의 거리는 더욱 멀어진 듯 보였고
그 거리는 쉽게 좁혀지지 않았다. 언젠가 원래 우리의 모습으로 돌아갈 수 있을까?

Prologue

2020년을 강타한 코로나바이러스로 인해 변화된 나의 생활과 사회의 모습을 많은
시간이 흘러 나의 손녀에게 설명해 주는 방식으로 풀어냈다. 고등학생이 된 손녀를
보며 과거 학창 시절을 회상하고, 그 당시의 모습과 내 삶의 이야기를 담아냈다.

"학교 다녀왔습니다."

교복을 단정히 입은 손녀가 집에 도착했다는 소리다. 지금이 한여름이니, 거의 이맘때쯤이었겠구나. 코로나바이러스라는 것으로 인해 우리의 생활이 산산이 조각났던 그때 말이다. 잔잔하기만 했던 호숫가에 돌멩이 하나가 퐁당 빠지듯이 온 세상이 빙글빙글 휘몰아쳤다. 나는 70년이 지난 지금까지 2020년, 마냥 자질구레하지는 않던 기억들이 아직 생생하게 남아 있다.

창밖에는 길어봤자 2주 동안 살 수 있는 매미들이 그득했다. 생을 마감하기 전 발악이라도 하는 듯 매미들의 울음은 가끔 울리는 자전거 경적, 바람 소리와 함께 들려왔다. 매미 소리가 시끄럽다고 공부가 안 된다며 툴툴대는 손녀를 보고선 나의 열일곱 살을 떠올렸다. 나도 그 당시엔 매미 울음소리가 짜증나기만 했으나 지금은 그립다고 해야겠다, 그때의 매미들이. 다시 돌아갈 수 없는 액자 속의 추억과 코로나바이러스가 불현듯 스쳐 지나갔다. 아름다웠던 그때의 나를 떠올리자 퍽퍽한 눈가에 눈물이 차올라 감히 아무것도 할 수가 없었다. 그리고 2020년의 추억에 잠식되어 더는 매미 소리가 귀에 들려오지 않았다.

그땐 내가 젊다 못해 어렸을 때였다. 거제에서 대구로 이사를 와서 고등학교 입학에 대한 기대와 두려움이 날 지배했었다. 하지만 난 입학을 할 수 없었다.

아니, 다시 말하자면 나를 포함한 모든 학생들이 입학할 수 없었다. 처음이자 다시는 없을 고등학교 입학식을 향해 정신없이 달려온 지난 시간이 허망했다.

"왜 입학을 못 해요?"

손녀의 말소리가 나를 그 순간에서 현재로 돌아오게 했다. 손녀가 옆에서 궁금하다는 듯 쳐다보고 있었다. 나도 모르게 입 밖으로 매미 소리가 귀에 들어오지 않았다는 것을 시작으로 중얼대고 있었다는 것을 자각했고 혼잣말을 멈추었다. 곧 손녀는 학원을 가지만 이야기가 길지 않으리라 생각하며 나는 이야기를 시작했다.

"그게 말이다."

코로나바이러스라는 단어를 언급하자 손녀는 이해할 수 없는 표정으로 도리어 질문했다. 코로나바이러스 자체를 모른다는 눈치였다. 많은 시간이 흘렀으니 모를 법도 하지.

"지금으로부터 70년쯤 전 할미가 딱 너만 한 나이 때 발견된 바이러스. 그날 이후로 우리의 사람들의 일상이 산산이 조각났단다."

아직도 생생히 기억나는 그때의 기억들. 코로나바이러스가 발생한 이후 우리의 하루하루는 무너지는 날들의 연속이었다. 순식간에 퍼져나간 바이러스는 마치 재난 영화를 보는 듯한 느낌을 주었다.

특별함을 좇는 동안 평범함의 소중함을 잊고 있었다.
평범한 것은 그 자체만으로도 가치가 있는 건데 말이다.
-윤진서-

내가 어릴 적 좋아하던 산문집에 실려 있는 글이다. 이 두 문장은 2020년의 상황을 잘 나타내준다. 이 글은 코로나바이러스로 인해 우리가 살아왔던 평범한 일상의 소중함을 깨닫게 해주는 것 같다.

'신종 코로나바이러스 발견돼, 중국 우한지역에서 시작된 바이러스는 전 세계로 뻗어 나가…….'

순식간에 뉴스는 온통 코로나, 코로나뿐이었다. 그때의 나는 금방 지나가겠지 하며 개의치 않았지만, 모두 코로나바이러스는 이전에 유행했던 메르스, 사스와 같이 큰 피해를 불러올 것이라고 입을 모아 말하기 바빴다.

당시엔 그 상황이 그저 원망스러울 뿐이었다. 나에게 너무나도 소중한 중학교 친구들과 졸업식을 모여서 하지 못한 것. 원래라면 강당에 모여 스승과 제자의 3년이라는 시간을 정리하고, 정들었던 친구들과의 인사와 함께 '다음'을 기약해야만 했는데.

그렇게 코로나바이러스는 2020년을 잠식해 갔다. 벚꽃이 예쁘게 만발하는 3월에 예정되어 있던 등교는 무산되었고, 결국 언제 끝날지 모르는 온라인 수업을 듣게 되었다. 난생처음으로 온라인 클래스라는 것도 참여해 보고, 심지어는 자기소개 영상을 녹화해서 1학년 6반의 채팅방에 올려 서로의 얼굴을 확인하는 신기하고 새로운 경험을 해 보기도 했다.

반면 무기력함은 더해졌다. 몇 달을 무기력함에 빠져 시간을 보냈다. 더는 외출하는 것이 당연하지 않게 되었고, 이웃은 물론 친구, 선생님, 지인들과도 점차 서먹해졌다. 그렇게 과거와는 확연하게 달라진 내 일상을 되돌려야 하지 않을까

하는 의심할 여지도 없이 시간은 흘러갔다. 분명 이것은 내가 생각했던 모습과는 다른데. 내가 원했던 모습이 아닌데…. 이것을 다시 되돌릴 방법이 없었다. 분명히 잘못된 것은 알겠는데 해결할 방법이 없으니 정말 답답할 따름이었다.

📷 할머니와 손녀의 신발

어느 순간 코로나바이러스 사태가 진정되는 것이 나의 바람이 되었다. 전 세계에서는 많은 사망자가 발생했으며 국내에서도 사망자가 발생했기 때문이다.

사람이 죽었다는 얘기가 나오니 손녀가 기겁하며 말했다.

"진짜요?"

"그럼, 정말이지. 그 당시 할미와 친구들 사이에서는 이러다가 코로나바이러스에 감염된 사람의 사체 때문에 좀비 바이러스까지 생기는 거 아니냐는 우스갯소리까지 돌았다니까."

솔직하게 말해 그때의 나는 정말 좀비 바이러스가 생길지도 모른다는 두려움이 있었다. 하지만 이 말을 하고 나면 손녀가 한참을 웃을 게 뻔해 이 말은 아껴두기로 했다.

"그때 엄청 힘드셨겠어요."

그 말에 나의 머릿속에 참담했던 당시의 모습이 스쳐지나가, 난 잠시 아무 말도 할 수 없었다.

"힘들었지. 하지만 나보다 더 힘들었던 분들이 많았던 때라."

"어떤 분들이 또 힘드셨는데요?"

"그 당시 사태를 진정시키기 위해서 가장 애썼던 사람들은 의료진이었단다."

무거운 방호복과 고글, 마스크 등으로 짓물러진 피부는 상처투성이.

깜빡 실신했다가 깨어나서 환자를 돌봤다는 말은 아직도 기억이 나는 말 중 하나이다.

그 당시 뉴스, 기사, TV 프로그램에 의료진의 인터뷰가 많이 올라왔었다. 특히 너무 마음이 아팠던 TV 프로그램 장면이 있었다. 코로나 사태로 인해 먼저 나서야 한다는 사명감을 느끼고 있던 한 간호사가 특정 종교단체로 인해 국내에서 가장 심각한 상황에 부닥쳐 있던 대구에 지원나온 장면이었다.

"남겨 두고 온 가족에게 하고 싶은 말이 있냐고 묻는 MC의 말에 간호사분께서는 애써 웃으며 말씀하셨지."

"다른 말은 별로 없고 잘 지내고 있다고만 전하고 싶습니다. 너무 걱정하지 말라고."

어떻게 잘 지내고 있겠는가. 온종일 바이러스와 맞서 싸우며 얼굴에 쌓여가는 상처와 흉터, 온몸이 방호복으로 인해서 땀범벅이 된 그들은 바이러스가 확산되고 있다는 소식을 접하며 무슨 생각을 했을까.

"이렇게 힘든 시간을 이겨낼 수 있었던 것의 배경엔 그들의 수고가 존재했지."

그때의 난 너무나도 감사하다고 그리고 미안하다는 말을 꼭 전하고 싶었다. 그렇게 우리는 코로나바이러스가 언제까지 확산될지도 모른 채 끊임없이 애썼고 마침내 힘들었던 시간이 끝났다. 그 시간 속에는 큰 노력, 땀 그리고 희생이 깃들어 있었다.

또한 많은 고3 학생들의 고통도 담겨 있었다. 마지막 학창 시절을 마음껏 즐기지 못한 것과 제대로 학교에 가지 못한 채 온라인으로 수업을 듣고, 학업뿐만 아니라 방역에도 신경 쓰면서 수능이라는 큰 시험을 준비해야 한다는 압박감이 엄청났을 것이다. 자영업자들의 피해도 극심했다. 코로나바이러스로 인해 더는 장사로 생계를 유지할 수 없게 된 자영업자들이 많아졌다. 일자리 또한 줄었으며,

정상적인 사회 활동을 할 수 없게 되었다. 아, 코로나 블루라는 단어를 들어본 적이 있는가? 이 단어는 코로나와 우울감이라는 단어가 합쳐져 만들어진 신조어이다. 코로나 사태를 겪으면서 생긴 우울감과 무기력증을 뜻하는 단어. 많은 사람이 코로나 블루를 앓았으며 심한 경우 이것으로 목숨을 끊는 선택을 하기도 했다. 이렇게 모두가 말하지는 않았지만 다른 이들과 다를 바 없이 묵묵히 견뎌내고 있었다.

지금도 간간이 생각해본다. 과연 그때 많은 사람의 노력이 없었다면 우린 어떻게 됐을까 하는 생각. 2020년의 나는 사회적 거리 두기로 인해 가족들과 여행을 가지 못한 것, 친구들과 꽃구경을 가지 못한 것 등 코로나바이러스가 없어진 뒤에도 충분히 할 수 있던 것들에 대해 투정을 부렸다. 돌이켜보면 난 참 어렸었다. 의료진들은 다시 돌아오지 않는 시간을 공익을 위해서만 힘썼다는 것이 지난날의 나를 부끄럽게 만들었다.

"여기까지란다."

손녀는 황당하다는 표정이었다. 그렇겠지. 바이러스가 그렇게 긴 시간 동안 잠잠해지고 재확산 되는 일이 반복됐으니 놀라울 수밖에. 사실 코로나 종식이 언제 됐는지는 정확하게 기억이 나지 않는다. 생각보다 빨리 종식된 것일 수도 있고, 정말 어쩌면……. 모두가 노력했음에도 불구하고 종식된 지 얼마 안 된 것일 수도 있겠지.

모두가 입을 모아 재앙이라 일컬었다. 그리고 그 재앙을 어떻게든 막아보려 발버둥 쳤다. 결국 그 재앙을 이겨냈지만…. 그 발버둥 속에는 아무리 겪어도 무겁기만 한 생명에 대한 희생이 있었다. 다시 되돌릴 수 없는 그 희생들은 절대 잊혀지지 않을 것이다.

이런 일을 겪었음에도 나의 2020, 열일곱 살은 눈부셨다. 시련이 있었기에 나는 그때의 우리를 70년이 넘게 지난 지금까지 소중하게 담아둘 수 있는 것이 아닐까 생각한다. 눈을 감아 기억을 더듬어 열일곱 살의 나와 마주했다. 그 아이는 환히 웃고 있었다. 그렇기에 난 나의 열일곱 살, 그 아이를 좋아했다. 저 멀리서 그때의 나를 지켜봤던 지금 이 순간도 시간이 흐른 뒤에는 추억이 되어있겠지.

　　2020년의 상황에 몰입해서 잔뜩 걱정하는 모습이 얼굴에 가득한 손녀를 보니 혹여나 이런 일이 다시 생긴다 해도 잘 이겨내리라 생각이 든다. 근심하는 손녀에게 전하고 싶다. 시련이 닥친다면, 그 상황에 맞는 해결 방법은 꼭 있다고. 그리고 아무리 큰 시련이라도 열일곱 살의 할머니처럼 그것을 지나 보내면 마냥 슬프고 암울하게만 기억되진 않을 거라고. 그리고 네가 지금 사는 그 시간은 다시 돌아갈 수 없는 시간이라는 것을 가슴에 담아두고 지금의 학창 시절을 즐기라고 꼭 말해주고 싶다.

　　한편 뉴스에선 속보가 한창 올라오고 있었다.

　　"제2의 코로나바이러스 발생해……. 긴급 경보 발령."

　　우리 모두가 2020년에 그랬듯이, 다시 한 번 전 세계 사람이 힘을 합칠 때가 왔다. 이번 바이러스를 극복할 때까지 손녀의 곁에 남을 수 있을지는 잘 모르겠지만 열일곱 살의 내가 잘 이겨냈듯이 내가 곁에 있든 없든 열일곱 살 나의 손녀 또한 분명 잘 극복할 것이다.

Epilogue

처음 책을 쓴다는 사실을 듣고서는 마냥 신났는데, 막상 해보니 정말 쉽지 않았다. 그렇지만 이 글을 쓰게 되면서 지금까지 2020년에는 어떤 일이 있었는지, 코로나바이러스로 인한 영향들, 나의 변화 등을 다시 한 번 정리해 볼 수 있었던 시간이 된 것 같아 뿌듯하다.

📷 할머니와 맞잡은 손

끝에 코로나바이러스가 언제 종식됐는지 기억이 잘 안 난다고 했는데, 이것은 지금 이것을 쓰고 있는 시간에도 코로나바이러스는 종식되지 않았기 때문에 언제 종식될지 모르는 마음을 담은 것이다.

이 글을 쓰고 있는 지금 밖을 보니 어느새 비가 추적추적 내리고 있다. 장마다. 매미 소리 대신 비 내리는 소리만이 하염없이 귓전을 때린다. 코로나바이러스는 언제 끝날지 아무도 모른다. 입추를 지나 입동…. 입춘까지 갈 수도 있겠지. 하지만 애써 마음을 갈무리한다. 이 글을 쓰고 있는 가을엔 아직 바이러스가 남아 있지만…. 곧 다가올 내가 가장 좋아하는 겨울에는 마스크를 벗고 모두와 마주하고 싶다. 그런 날을 맞이하기 위해 앞으로도 위기를 극복하려 노력한다면 지금으로부터 70년 뒤에 이 글을 볼 기회가 올 때 웃으며 저런 일도 있었지…… 하며 떠올릴 수 있지 않을까?

작가
소개

유 지 예

2004. 03. 27.

취미는 네일아트입니다.

동물을 사랑합니다.

아직은 마냥 노는 게 좋습니다.

아마도 전생에 뽀로로였나 봅니다.

넌 누구야?

WRITTEN/PHOTO BY 유지예

illustrated by 김종은

Prologue

우리 사회에 코로나라는 불청객이 찾아왔다.

그 누구도 부르지 않았으며 예측하지 못했다. 아무도 원하지 않았지만, 코로나는
눈치 없이 비행기를 타고 이곳저곳을 여행 중이다. 여행을 시작한지 몇 달이
지났지만, 여전히 우리 사회에 머물며 잊을만하면 다시 나와 얼굴을 비추곤 한다.
우리나라를 포함한 거의 모든 나라가 불청객으로 인해 점점 변화하는 일상을
맞이하고 있다. 나는 그렇게 바뀌어가는 우리 일상의 모습을 기록해보았다.
갑자스럽게 찾아와 일상에 큰 영향을 끼치는 불청객이 하루빨리 사라져
우리의 일상을 되찾길 바란다.

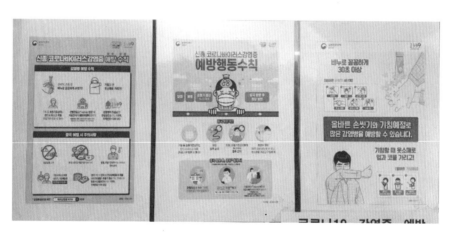

📷 학교 곳곳에 붙어 있는 코로나 예방 수칙 안내 포스터

불청객

2019년 말, 가깝고도 먼 나라 중국에서 전염병이 돌기 시작했다는 소식이 들려온다. 그 이름은 바로 코로나였다.

2012년 4월, 중동에서 시작되었던 메르스가 2015년 5월 우리나라에 들어와 골머리를 앓은 사실이 무색할 만큼 우리는 전염병에 대한 경각심이 풀릴 만큼 풀려있었다. 그래서인지 사람들은 코로나에 큰 관심을 가지지 않았고, 자신과는 거리가 멀고 상관없는 이야기라 생각하였다. 그러던 중 국내에선 잠잠했던 코로나가 해외 유입자 등을 통하여 퍼지기 시작했다. 그리고 몇 달이 채 지나지 않아 대구의 코로나19 확진자 수가 급격히 증가했다. 코로나가 전국을 흔들었다 해도 과언이 아닐 만큼 우리나라는 혼란을 겪었다. 하루가 지날 때마다 확진자는 기하급수적으로 늘어나기만 했고, 코로나는 전국으로 퍼져나가고 있었다. 나는 그제야 겁이 났다. 정말 무언가 잘못되고 있다는 것을 느꼈다. 그렇게 점점 많은 사람이 심각성을 깨닫기 시작했고 온 국민이 방역에 힘쓰기 시작했다. 코로나에 걸리면 약도 없다는 소리를 들으니 가슴은 더 답답해졌다. 코로나에 대한 공포감은 이제야 시작되었지만 벌써 몇 개월 전의 일상이 그리워졌다.

마스크 대란,
우리의 첫 번째
노력

당시 우리가 할 수 있던 가장 기본적이면서 실천하기 쉬웠던 코로나 감염 예방 방법은 마스크였다. 마스크는 외출할 때 필수가 되었고 마스크를 착용하지 않으면 음식점이나 대중교통을 이용하지 못하는 등 많은 제약이 따랐다. 그렇기에 당연히 마스크를 사고자 하는 사람의 수는 하늘을 찔렀다. 그러나 생산량은 그만큼을 따라 주지 못했다. 마스크의 많은 수요와 더불어 손 소독제, 알코올 솜 등 다양한 방역 물품들도 잇달아 부족해졌고 제값에 산 마스크를 원가의 몇 배씩 올려 파는 사람들도 생겨났다. 인터넷에서도 마스크는 평소보다 열 배 이상 오른 가격으로 판매되었다. 사람들은 마스크가 비싼 가격임에도 당장 필요한 것이니 구매하려 했지만, 그것조차 쉽지 않았다. 결과적으로 생산량이 수요량을 따라오지 못하며 마스크 대란이 일어났다.

대형 할인점, 우체국 등에서는 일주일에 한 번 정도 일정 수량을 정상 가격에 판매하였다. 그러다 보니 많은 사람이 몰릴 수밖에 없었고, 마스크 구매 대기표를 받기 위해 길게는 6시간 정도 줄을 서는 사람이 생기기도 했다. 마스크를 사러 갔다가 오히려 코로나에 감염되어 돌아올 것 같다는 부정적인 의견이 나오기도 할 정도였다. 실제로 줄을 서는 동안에는 사회적 거리 두기가 잘 실천되지 않았으며 싸움이 일어나 경찰이 출동하기도 했다. 아마 코로나에 감염되지 않을까 불안해하던 사람들의 마음이 이렇게 표출된 것 같다.

대형 인터넷 쇼핑몰에서도 마스크를 판매하였다. 하지만 정해지지 않은 시간에 소량의 마스크를 판매하였기 때문에 구매하기 어려웠으며 하염없이 사이트를 새로고침하며 마스크 재고가 뜨기만을 기다려도 마스크 재고가 뜨는 순간 바로 품절이 된다고 하여 마스크 티켓팅이란 말도 생겨났다. 나도 당시 마스크를 사기 위해 재고가 뜨기만을 기다렸었지만, 구매

마스크 대란 당시 상황

는 커녕 재고가 올라온 것도 보지 못했다. 이러다간 마스크를 구하지 못해서 외출하지 못하는 일이 생길 수도 있겠다는 생각이 들었다.

그 후 마스크 대란을 해결하기 위해 정부에서는 마스크 5부제를 실시하였다. 마스크 5부제는 출생연도 끝자리에 따라 지정된 요일에만 1인당 2매씩의 공적 마스크를 구매할 수 있는 제도이다. 마스크 5부제가 실시된 후 처음에는 여전히 마스크가 부족했다. 마스크를 달라며 난동을 피우는 사람도 있었으며 싸움이 일어나기도 했다. 요일을 헷갈리는 등 다양한 이유로 마스크를 사지 못하는 사람이 많았다. 그 후 마스크 생산량이 안정을 되찾아 마스크를 사지 못하는 참사는 일어나지 않게 되었다. 마스크 대란을 다시 떠올려보니 비록 처음에는 사람들의 공포감으로 인한 이기심 때문에 문제가 일어났을지라도 5부제라는 약속을 통해 함께 힘을 합쳐 해결해나갔기에 더 큰 일이 발생하더라도 함께 해결해나갈 수 있지 않았나 하는 생각이 들었다.

내가 꿈꾸던
고등학교는?

\#

정이 들었던 중학교를 졸업하던 때만 해도 코로나는 잠잠했고, 마스크를 쓰는 사람도 거의 없었다. 졸업식 이후 새로운 학교와 친구들을 꿈꾸며 하루하루를 보내다 보니 금세 반 배정이 나왔다. 이때만 해도 며칠 뒤엔 학교에 가서 친구들과 인사를 나누고 있을 줄 알았다.

하지만 이런 내 마음을 모르는지 개학은 끊임없이 연기되었다. 학교에 가고 싶단 생각이 든 건 이번이 처음이었던 것 같다. 결국 3월 개학은 불가능해졌고, '줌'이라는 앱을 통하여 온라인 개학식을 했다.

전국 대부분의 학교가 온라인 개학을 하게 되면서 EBS 온라인 클래스, 리로 스쿨, 줌 등 다양한 사이트들이 수업에 사용되었다. 모두가 거의 같은 시간에 각자의 수업을 위해 동시 접속을 하게 되면서 서버가 터지는 일도 매일 일어났다. 나는 정해진 시간에 그 수업을 듣지 못해 너무 당황스러웠고 불안하기도 했다.

혼란스러웠던 온라인 수업은 시간이 지나니 제자리를 찾아갔다. 온라인으로만 수업을 들으며 보낸 나의 소중한 고등학교 1학년 1학기는 아깝게 흘러가고 있었다.

대부분 학생은 학원에도 갈 수 없었고, 인터넷 강의를 보며 하루하루 학교에 갈 날을 손꼽아 기다리기만 할 뿐이었다. 그러던 중 격주 등교 날짜가 발표되었는데 고1은 6월 3일 첫 등교를 하게 되었다. 아침에는 학년별로 등교하는 시간이 달랐다. 정문에는 앞 반과 뒷 반의 통행로가 나누어져 있었고, 학교 안에서는 일층 중앙복도에서 열 감지 카메라로 1차 발열 체크를 하고 나서야 교실로 올라갈 수 있었다. 교실에 들어가기 전 손 소독은 필수였고, 선생님께서 한 번 더 2차로 열을 체크해 주시고 나서야 자리에 앉을 수 있었다. 각자의 자리에는 불투명한 가림막이 설치되어있었다. 또한 학교 안에서는 항상 휴대용 가림막을 들고 다녀야 했다. 가림막을 사용해본 적이 없던 나에게는 너무나도 답답하고 불편했다.

교실에는 적막이 흘렀고 복도에선 수시로 "일 미터 간격 유지!"라고 소리치시는 선생님의 목소리가 들려왔다. 이 소리를 들을 때면 교실과 복도를 가득 채우던 친구들의 웃음소리가 생각나곤 했다. 내가 꿈꿔왔던 고등학교의 모습과는 매우 달랐다. 코로나 감염을 막기 위해서는 어쩔 수 없는 일이었지만 교실에서 친구들과 함께 이야기도 못 하고 밥도 따로 먹어야 했기에 서글픈 마음은 숨겨지지 않았다.

📷 학교 중앙 복도 열 감지 카메라 대기 줄

시 새
작 로
운
아
침
의

바뀐 학교의 모습은 이뿐만이 아니었다. 학교에 가든 온라인 수업을 하든 아침마다 꼭 하던 것이 있다. 그것은 학생 건강상태 자가진단이다. 하지만 온라인 수업 때 8시 10분까지 매일 자가 진단을 하는 건 나에겐 너무나도 어려운 일이었고, 시간을 지키지 못한 적도 있었다. 그럴 때마다 선생님께서는 나에게 자가진단을 하라는 연락을 주셨다. 처음에는 문항을 하나하나 읽으며 성실하게 자가진단을 하였지만, 시간이 지날수록 대충하기 일쑤였다. 등교 준비하느라 바쁜 날에는 그냥 읽지도 않은 채 전부 '아니요'를 체크하기도 하였고 집에서 하고 나오는 걸 잊고 학교에서 부랴부랴 하기도 하였다. 이렇게 내용을 다 외워서 대충하는 자가진단이 의미가 있을까? 라는 생각이 종종 들었다. 마치 꼭 챙겨야 할 준비물이 하나 더 생긴 기분이었다.

학생 건강상태 자가진단

Step.03 학생건강 자가진단 > 자가진단 참여

🏠 처음으로

※ 이 설문지는 코로나-19 감염예방을 위하여 학생의 건강 상태를 확인하는 내용입니다.

※ 설문에 성실하게 응답하여 주시기 바랍니다.

1. 학생의 몸에 열이 있나요 ? (해당사항 선택)
단, 기저질환 등으로 코로나19와 관계없이 평소에 발열 증상이 계속되는 경우는 제외

☐ 37.5℃ 미만

☐ 37.5℃ 이상 및 발열감

2. 학생에게 코로나19가 의심되는 증상이 있나요 ? (해당사항 모두 선택)
단, 기저질환 등으로 코로나19와 관계없이 평소에 다음 증상이 계속되는 경우는 제외

📷 학생 건강 상태 자가진단의 첫 화면

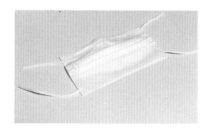
📷 마스크 귀 부분을 자른 모습

영웅

영웅들은 우리에게 어렵고 멀게만 느껴진다. 하지만 이번 코로나 사태를 통해 영웅은 그리 멀지 않은 곳에 다양한 모습을 한 채로 존재한다는 걸 알게 되었다.

'만약 질병관리본부에서 매일 브리핑을 해주지 않았더라면 어떻게 되었을까?' '코로나에 걸렸을 때 치료해 줄 의료진이 없다면 어떻게 될까?'와 같은 생각이 나의 머릿속에 가득 찼다. 질병관리본부의 많은 분들, 의료진분들 등 많은 분들 이 나서서 우리나라를 살리고자 노력하셨다. 하루는 의료진분들의 손이 담긴 사 진을 보았다. 그 사진 속에는 퉁퉁 붓고 이곳저곳 까진 손이 하나 있었다. 그 사 진을 보고 정말 마음이 아팠지만 감사하고 대단하다는 생각이 들었다. 이를 통 해 이런 분들이 이 시기의 영웅이 아니라면 도대체 누가 영웅이 될 수 있을까, 라 고 생각했다.

한번은 나 또한 영웅이 될 수 있는 방법을 생각해보았다. 그 방법은 야생에 사 는 동물들을 위해 마스크를 버릴 때 마스크의 귀 부분을 자르는 것이었다. 이 행 동을 통해 동물들이 마스크가 몸에 걸려 평생을 불편하게 살아가게 되는 일로부 터 지켜줄 수 있지 않을까, 라는 생각이 들었다. 나에겐 사소한 행동이지만 어떻 게 보면 한 동물을 살릴 수도 있는 의미 있는 행동이었기에 실천하면서 뿌듯함을 느꼈다.

차곡차곡 쌓아지는 블록

전염병의 두려움은 끝이 보이지 않을 것 같았지만 많은 사람들의 크고 작은 노력을 통해 점차 안정세를 찾아가고 있었다. 점점 희망이 보이는 것만 같았다. 하지만 최근에 수도권에서 확진자가 대거 나오는 일이 또 발생하고 말았다. 이 제껏 차곡차곡 열심히 쌓아 올린 블록이 다 무너지는 것 같은 기분이었다.

정말 코로나가 종식될 수 있을까? 하는 의문이 들기 시작했고 방역 수칙을 지키지 않은 사람들이 밉게 느껴졌다. 최근 한 기사에서 코로나 종식을 선언한 뉴질랜드의 럭비 경기장에 4만 3천 명이 모여 경기를 즐겼다는 소식을 보았다. 너무나도 부러웠다. 평범했던 일상이 이렇게나 그리워질 거라고는 상상도 못 했다. 우리나라도 조금만 더 노력하면 코로나가 종식된 줄 알았지만 꿈과 현실은 너무나도 달랐다. 모두가 한마음이 되어 노력해야 한다는 것을 다시 한 번 뼈저리게 느꼈다. 이 깨달음을 통해 나부터 외출을 최소화하고 사람이 많이 몰리는 곳에 가지 않는 등 가장 기본적인 것부터 실천해야겠다고 생각하였다. 또한 우리 사회에 몰래 찾아왔던 불청객이 사라지는 그날까지 방역 수칙을 잘 지켜야겠다고 생각했다.

Epilogue

📷 일상 속에서도 거리두기를 지켰으면 하는 마음을 담은 거리의 현수막

특별했던 2020년

다시는 돌아와선 안 될 2020년

모든 것이 새롭고 낯설었다.

누군가에겐 기회로 다가왔을,

누군가에겐 절망으로 다가왔을 2020년.

나는 이 2020년을 기록하게 되었다.

먼 훗날 누군가 읽으며 2020년을 기억해 줬으면 하는 마음이다.

하루빨리 코로나 종식을 선언하여

마스크 없이 외출할 수 있는 날을 꿈꾸며….

작가 소개

김경현
2003. 12. 21.

나는 2003년 한겨울 세상에 태어났다.

요즈음 내 진로에 대해서 생각하느라 꽤 바쁜 시간을 보내고 있는 거 같다.

다가오는 9월에 미용 필기시험이 있어서 열심히 공부하고 있다.

열심히 공부해서 좋은 결과가 나오길 바라는 중이다.

수능이 끝나고 영롱한 파란색으로 염색하고 학교에서 운전면허 공부를 하는 게

사소하지만 내 꿈이다.

코로나요?
그냥 버티는 중입니다

WRITTEN/PHOTO BY 김경현

너가 뭔데 날 괴롭혀

21004 김경현

illustrated by 이서진

📷 코로나19로 인해 더욱 중요해진 손 씻기

Prologue

코로나바이러스로 인해 많은 변화가 일어난 삶에 관해 이야기하려고 한다.
손 소독처럼 사소한 것부터 시작해서 거리두기 2·3단계처럼 큰 것까지.

대구에 코로나로 인한 비상 상태가 오기 전이었다. 2019년 12월부터 계획했던 교회 수련회 전날이 되자 우리는 신나는 마음으로 캐리어를 꺼내서 짐을 하나둘 넣었다. 성경책도 넣고 수건도 넣고 입을 옷도 넣었다. 그리고 당일 아침이 돼서 화장도 하고 안 입던 옷도 꺼내 입은 뒤 캐리어를 가지고 설레는 마음으로 차에 타려고 하던 찰나, 언니가 수련회가 취소되었다는 말을 건넸다. 평소에 장난을 많이 치는 언니라 장난치지 말라고 대답했더니 언니는 사뭇 진지한 표정으로 얼른 카톡을 보라고 했다. 톡을 보니 교회 언니도 오늘 수련회가 취소되었다고, 언니와 똑같이 말했다. 처음에는 우리 언니랑 짜고 거짓말을 하는 것이라 생각하고 오히려 거짓말하지 말라며 언니들의 말을 믿지 않았다. 그리고 트렁크에 내 캐리어를 싣고 차에 타려고 할 때, 우리 반 선생님께 카톡이 도착했다. 수련회 시작 한 시간 전 긴급회의를 통해 취소되었다는 내용이었다.

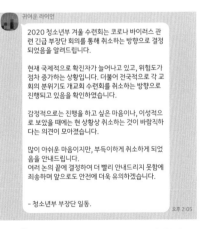

귀여운 라이언

2020 청소년부 겨울 수련회는 코로나 바이러스 관련 긴급 부장단 회의를 통해 취소하는 방향으로 결정되었음을 알려드립니다.

현재 국제적으로 확진자가 늘어나고 있고, 위험도가 점차 증가하는 상황입니다. 더불어 전국적으로 각 교회의 분위기도 개교회 수련회를 취소하는 방향으로 진행되고 있음을 확인하였습니다.

감정적으로는 진행을 하고 싶은 마음이나, 이성적으로 보았을 때에는 현 상황상 취소하는 것이 바람직하다는 의견이 모아졌습니다.

많이 아쉬운 마음이지만, 부득이하게 취소하게 되었음을 안내드립니다.
여러 논의 끝에 결정하여 더 빨리 안내드리지 못함을 죄송하며 앞으로도 안전에 더욱 유의하겠습니다.

- 청소년부 부장단 일동.

오후 2:05

📷 코로나로 인해 수련회가 취소되었음을 알리는 카톡 내용

그 문자를 보고 머리가 새하얘졌다. 수련회에 꼭 갈 수 있게 기도도 하고 몇 주 전부터 친구들한테 신난다며 말하고 다녔는데… 사실은 '코로나 때문에 무서웠는데 다행이다.' 라는 마음 한편의 생각보다는 화가 먼저 났다. 왜 못 간다는 걸 이제 말씀해주시는 건지, 어제 말씀해주셨으면 더 나았을 텐데. 나는 눈물이 날 정도로 화가 났고, 그대로 캐리어에 있던 짐들을 다시 꺼냈다. 그렇게 내가 제일 기대했었던 수련회를 가지 못하고 시간이 흘렀지만, 코로나는 한참이나 사그라질 기미조차 보이지 않았다.

우리는 2월 5일에 미국으로 비전트립을 가기로 했다. 비전트립은 교회에서 목사님과 선생님, 중고등학생들이 모여 다른 나라로 가서 복음을 전하고 봉사도 하며 그 나라의 문화를 체험하는 여행이다. 동남아는 갔다 왔지만, 북아메리카는 한 번도 간 적이 없었던지라 설렘으로 가득 차 있었다. 미국에 가기 전 예배를 마치고 함께 가는 친구들끼리 모여 이야기를 나누는 시간을 가졌다. 죽기 전에 꼭 가봐야 한다는 디즈니랜드도 가기로 했고 유명한 NBA의 농구 경기를 보러 가기로 했다. 또, 단톡방을 만들어서 많은 이야기를 나누었다. 동영상을 짧게 찍어 미국에서의 생활을 담자는 이야기도 나왔고 목사님께서는 미국에 갈 때 준비해야 할 물건들을 보내주기도 하셨다. 동남아와 다르게 미국은 비자를 신청해야 했기에 비자 신청도 했다. 학교를 2일 정도 못 가기 때문에 선생님께 동행 학습 동의서를 제출했고, 친구들에게는 미국물 먹고 온다며 자랑도 했다.

그런데 미국 가기 일주일 전 즈음, 엄청난 일이 생겼다. 길 가다가 아무나 붙잡고 물어도 알 만큼 대구는 물론이고 전국을 들썩였던 사건이다. 한 사람의 무책임한 행동 때문에 대구는 비상 상태가 되었다. 그리고 며칠 뒤에는 전국이 비상 상태가 될 정도로 상황이 악화되었다. 메르스 때는 지금처럼 이렇게 모든 국가가 비상 상태를 걸며 경계하지 않았는데 이번 코로나 때는 어느 때보다 제한되는 것이 많고 많은 사람이 고생하는 모습을 인터넷으로 볼 때마다 너무 가슴 아팠다. 이 시기가 얼른 지나갔으면 좋겠다고 생각했다.

이번 비전트립은 두 나라로 나누어져 있었다. 방학의 하이라이트는 비전트립이라고 할 만큼 정말 기대했던 것이기도 하고 특히 이번에는 처음 미국이 추가된 것이라서 매우 설레었다. 목사님이 예배가 끝난 후 비전트립과 관련된 스크린을 띄우자 내 입꼬리가 귀를 향해 올라갔다. 한쪽은 태국, 다른 한쪽은 미국. 하지만 코로나로 인해 태국은 취소되었지만, 미국은 처음 가기도 하고 흔치 않은 기회라 부모님, 학생들에게 먼저 찬반에 대한 의견을 물어보셨다. 태국도 취소되었던 터라 미국도 취소될 가능성이 커서 불안했다. 그래도 찬성 의견이 많으면 가는 쪽으로 하겠다고 해서서 조금은 안도했지만 그래도 불안한 마음을 놓지 못했다. 우리의 의견은 부모님들도 똑같으셨다. 다들 방역을 철저하게 하면 괜찮을 거라고(이때까지만 해도 미국에 코로나가 확산되지 않았다) 생각했기 때문이다. 하지만 우리의 안전이 걱정되셨는지 목사님께서는 회의를 거쳐 미국행이 어려울 것 같다는 결정을 내리셨다. 다행이라는 생각을 했다고 하면 거짓말일 것이다. 솔직히 매우 아쉽고 슬펐다. 특별한 경험을 안전상의 이유로 취소되었다는 것이 며칠 동안 믿을 수가 없었고 미련이 남아서 미국팀 대화방 내용을 반복해서 보기도 했다.

　목사님과 부모님께서는 이 모든 일에 큰 뜻이 있을 거라며 믿고 기다리자고 하셨다. 수련회 때는 화가 났다면, 비전트립 때는 차라리 취소된 게 더 괜찮다며 뜻이 있을 거라는 목사님의 말씀을 귀담아 새겼다. 몇 개월이 지나면 비전트립을 못 간 것에 대해 조금은 무덤덤해질 줄 알았는데 10월인 지금도 비전트립과 수련회를 못 가서 조금 속상하고 미련이 남는다. 얼마가 지나야 전 세계가 괜찮아질지 모르겠지만 빨리 코로나가 끝나서 예전 우리의 일상으로 돌아갔으면 좋겠다. 아무런 걱정 없이 여행을 갈 수 있었던 때가 정말 그립다. 이제는 해외 여행은 물론 국내 여행까지 쉽게 갈 수 없게 되어서 너무 속상했다. 무엇보다도 마스크 없이는 아무 곳도 갈 수 없다는 것이 가장 답답하다.

끝나면 #코로나가

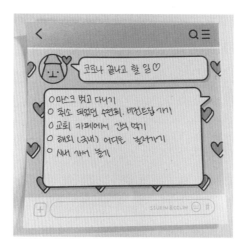

📷 코로나가 끝나고 하고 싶은 일들을 체크 리스트로 적어 보았다.

코로나가 점점 더 심각해지면서 예전에는 당연했던 것들이 이제는 어색해지는 것 같다. 핸드폰 갤러리에 담겨있는 코로나가 퍼지기 전 사진들을 볼 때면 예전으로 돌아가고 싶은 마음이 굴뚝 같아서 이번 기회를 통해 코로나가 끝난 후에 하고 싶은 일들을 나열해 보기로 했다.

1. 마스크 벗고 다니기

마스크를 쓰고 운동을 하면 땀이 인중을 뒤덮어 늘 찝찝했고 공기 순환이 제대로 되지 않아 수업 시간에 졸았던 적도 많다. 마스크를 벗고 편하게 시원한 바람을 만끽하며 거리를 다닐 수 있다면 얼마나 행복할지 생각만 해도 좋다.

2. 수련회 & 비전트립 가기

친구들과 함께 기도와 찬양, 예배를 드리는 시간을 가지고 싶고, 다른 나라로 가서 복음을 전하고 그 나라에서만 먹을 수 있는 길거리 음식들을 먹으며 즐거운 시간을 보내고 싶다. 원래는 여름 방학마다 일주일 동안 다른 나라로 떠나는데 이번에는 코로나로 인해 떠날 수 없게 되어서 매우 속상하다. 비전트립과 수련회에 가기 전의 기대감과 설렘을 다시 느끼고 싶다.

3. 교회 카페에서 간식 먹기

이제는 언니와 수다를 떨며 허니 브레드를 먹는 것이 소원일 만큼 교회 카페에서 아무것도 먹을 수 없다. 예전처럼 예배를 마치고 카페에 가면 사람들로 가득찬 시끌시끌한 분위기를 느끼고 싶다. 남는 자리를 찾아다니는 그것조차 너무 그립다.

4. 해외(국내) 어디든 놀러 가기

대구를 벗어나 어디든 놀러 가고 싶다. 가족끼리, 또는 친구끼리 놀러 가서 맛있는 것도 먹고 사진도 많이 찍고 싶다. 아직은 놀러 간다고 하면 주변 사람들이 눈치를 주는 경우가 많은데 얼른 상황이 좋아져 아무 눈치도 보지 않고 부산이나 서울 등 내가 가고 싶었던 곳들을 한 곳 한 곳씩 가고 싶은 마음이 굴뚝 같다.

5. 시내 가서 놀기

　주변에서 집순이를 뽑으라고 하면 내가 뽑힐 정도로 놀러 가는 것보다 집에서 노는 것을 좋아했는데 이제는 코로나 때문에 내 의지와 상관없이 집에 있다 보니 오히려 바깥 공기를 마시고 싶다.

　시내에 있는 가챠샵에 들어가서 귀여운 인형(피규어)들과 반지를 뽑고 싶고 옷도 한번 입어보고 싶고, 하고 싶은 게 너무 많다.

코로나 + 수업

코로나로 인해 예정되었던 개학이 조금씩 미뤄지다가 결국엔 몇 개월이 지난 6월에 개학하게 되었다. 우리는 그동안 학교 대면 수업을 대신하여 온라인 클래스를 들었다. 아무래도 대면 수업이 아니다 보니 온라인 클래스에 대한 긴장감은 점점 없어졌고, 공부를 열심히 해야겠다는 생각도 점차 사라졌다. 어차피 집에 종일 있을 거니까 그때 동안 열심히 공부하면 된다고 생각했기 때문에… 하지만 그런 생각은 나에게 아무런 도움이 되지 않았다. 집에만 있다 보니 점점 놀게 되고 하루 공부를 하지 않으면 '어차피 내일도 집에 있을 거니까 열심히 공부하자!'라는 생각이 들었기 때문이다. 그래서 공부보다는 지금의 행복을 위해 놀기 시작했다. 하지만 시간이 지나자 노는 것에도 마음이 불편해서 온라인 클래스를 전보다 더 집중해서 들었다. 온라인 클래스를 들을 때 내가 좋아하는 인강 선생님께서 나오시면 기분이 좋아져서 선생님의 질문에 대답하고 노트 정리도 하며 열심히 공부한 적도 있다. 하지만 수학이나 윤리와 사상 등 내가 딱히 좋아하지 않은 과목의 인강을 듣게 되면 대답도 성의 없이 하고 학습지를 대충 끼워 맞춘 적도 많다. 어차피 인강이니까 한 번 더 들어도 된다는 생각이 들었기 때문이다. 지금 생각해보면 1학기 시험만큼 좀 더 열심히 할 걸 하고 후회하게 된 시험이 또 있을까 싶다. 온라인 클래스로 들은 걸 토대로 고2 첫 중간고사를 마쳤고, 가장 최악의 점수를 받게 되었다. 하지만 나는 공부를 하지 않고 놀았던 과거를 잊어버린 채 코로나 때문이라며 책임을 전가했다.

다음부터는 온라인 클래스라고 미루지 않고 열심히 수업을 들을 것이며 듣는 거에서 끝나는 것이 아니라 배운 내용을 한 번 더 복습하며 배운 내용을 머릿속에 저장해야겠다고 다짐했다.

📷 코로나로 인해 온라인으로 수업을 듣는 사진

코
로
나
＃
＋
나

　온라인 클래스를 통해 수업을 듣는다거나, 학원을 몇 개월 동안 못 간다거나, 교회를 못 가고 집에서 온라인 예배를 드린다거나… 일상생활에 많은 불편함이 생겨났다. 물론 불편한 점만 있었던 것은 아니다. 코로나로 인해 시간이 많아져서 내가 예전부터 배우고 싶었던 피아노를 배우게 되었고 부모님과 진로에 관해 대화를 나누는 시간이 많이 늘며 내 진로를 확실하게 정할 수 있게 되었다. 그뿐만이 아니라 친구들에게 미용학원을 추천받아 8월 초부터 다니게 되었다. 코로나로 인해 생긴 많은 시간을 나에게 투자할 수 있었고 그 시간을 통해 내가 하고 싶었던 것들을 할 수 있어서 좋기도 했다.

　온라인으로 수업을 듣고 예배를 드리는 날이 먼 미래인 줄 알았지, 2020년에 일어난 일일 줄은 상상도 못 했다. 처음 온라인으로 거의 모든 것을 하니까 미숙한 면도 있었고 시간도 잘 활용하지 못했다. 온라인으로 하는 것이 생각보다 잘되지 않아서 답답한 적도 많았다. 하지만 시간이 지날수록 조금씩 시간을 배분해서 활용하는 방법도 터득했고 온라인으로 예배드리거나 수업을 듣는 것에 대해서도 익숙해져 갔다. 어쩌면 이제는 대면보다 온라인에 더 익숙해져서 기분이 싱숭생숭하기도 했다.

　코로나로 인해 올해는 줌과 유튜브를 통해 예배를 실시간으로 드리기도 했고,

교회 청소년부 임원단끼리 만나서 영상을 촬영하기 위해 줌을 사용해 화면을 녹화하려고 했으나 싱크가 안 맞기도 하고 뚝 뚝 끊겨서 원하는 결과를 얻지 못해 많이 불편하고 속상했다.

그리고 학기 초에는 줌으로 조례를 하고 온라인 클래스로 수업을 하기도 했다. 모든 것을 집에서 온라인으로 하다 보니 집중력은 물론 나태함까지 더해져서 조례 시간에 선생님 말씀을 듣는 것보다 넋 놓는 시간이 긴 적도 있었다. 또, 하루도 빠짐없이 마스크를 쓰다 보니 얼굴을 자세하게 모르는 친구들이 생겨나기 시작했다. 새 학기 때부터 지금까지 마스크를 벗지 않았으니 당연한 결과라고 생각한다. 오래전부터 알고 지냈던 사람이라면 괜찮겠지만 이번에 처음 만난 친구들 같은 경우, 마스크 안 속에 가려진 얼굴을 잘 모르는 경우가 많다. 같은 반이라고 해도 밥을 같이 먹는 사이가 아니라면 더더욱 모르고 특히 나는 얼굴을 보고 이름을 외우는 편인데 코로나로 인해 우리 반 친구들의 이름을 외우기가 예전보다 힘들어서 학습지를 나누어 줄 때 친구들 자리가 어디인지 몰라서 미안한 적도 있었다.

적어도 6월 즈음에 끝날 것 같았던 코로나가 벌써 10개월째 끝나지 않고 있다. 2월에는 6월에 끝날 거라고, 7월에는 적어도 9월에 끝날 것이라고 생각했지만 지금까지 안 끝난 것을 보고 아마 내년까지 이 사태가 이어질 것 같다는 생각이 들었다. 예전에는 바람이 살랑이면 시원하다고 좋아했을 텐데 이제는 그런 느낌이 들면 얼굴을 만지작거리거나 거울로 내 얼굴을 봐서 마스크가 있는지 없는지 확인부터 해야 한다는 상황이 너무 웃픈 상황이 아닌가 싶다.

위에 적었던 것들처럼 코로나로 인해 불편하고 힘든 것들이 익숙해져 가는 모습들이 놀라웠다. 절대 익숙해지지 않을 거라는 내 생각과 다르게 조금씩 조금씩 이런 상황에 익숙해져 가는 것이 무섭다. 이런 것들이 진정한 일상이라고 내 머릿속에 자리 잡기 전에 하루빨리 코로나 시대가 끝났으면 좋겠다.

Epilogue

글을 쓰는 것은 내가 코로나로 인해 긴 시간 동안 어떻게 지내왔는지, 나 자신을 돌아볼 수 있는, 그리고 생각할 소중한 기회였던 것 같았다. 나중에 몇 년 뒤, 내가 쓴 글을 보며 우리가 이렇게 보내왔었구나. 하며 웃을 수 있는 날이 오길 바란다.

1학년 때도 책을 썼지만, 막상 책이 나왔을 때 내 글이 부족한 것 같아서 다른 사람들에게 보여주지 않고 숨긴 적이 있는데 이번 책쓰기에서는 많은 친구들과 선생님께서 글을 읽으시고 어색한 부분이나 더 넣으면 좋은 점 등 수정할 부분을 알려 주셔서 1차 초고 때보다 훨씬 좋은 글이 탄생할 수 있지 않았나 하는 생각이 든다.

고치는 과정에서 귀찮음에 '그냥 포기할까?'라는 생각도 들었지만 '그래도 선생님께서 시간을 내셔서 내 글을 수정해주시는데 이왕 하는 거 열심히 해보자'라는 생각에 작년보다 더 열심히 글을 썼고 그 결과가 아주 마음에 든다. 그리고 포토에세이라는 새로운 영역에 도전하며 중간 중간 사진을 넣음으로써 글이 말하는 내용을 알려줄 수 있어서 좋았던 것 같고 더 잘 이해를 할 수 있게 된 것 같아 뿌듯하다.

작가
소개

한 희 현

2004 09. 25.

선생님과 친구들을 사랑하고
학교 급식이 제일 맛있는 나.
학생이라는 울타리를 벗어나기까지
3년도 채 남지 않았다.
교복을 벗는 그 날까지,
나의 소중하고 행복한
아름다운 학창 시절을
꾸밈없이, 남김없이
풀어보고자 한다.

인연

WRITTEN/PHOTO BY 한희현

Prologue

내 10대의 대단원의 막을 내려줄 시지고등학교를 만났다.
비록 코로나로 인해 무기한 연기되었던 등교 개학과 격주 등교 때문에 새 학기
출발이 그리 좋진 않았지만, 그날의 설렘은 모두 같았을 것이다.
새 학교의 첫날에만 느낄 수 있는 소중한 감정들, 다시는 느껴보지 못할 떨림, 설렘,
추억을 아주 솔직하게 담아보고자 한다.

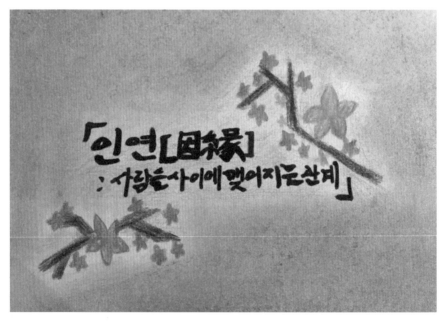

📷 인연의 의미

인연의 시작

새 학기를 맞이한 첫날, 코로나로 인해 6월 늦은 개학을 했다. 하지만 새 학기의 떨림은 여전히 남아 있었다. 일주일 전부터는 설레는 마음으로 인터넷에 새 친구 사귀는 법을 검색해보았고, 이틀 전부터는 가방을 싸고 교복을 방에 걸어 두었다. 늘 그랬듯이 새 학기 첫날은 눈이 일찍 떠졌다. 문을 나서기 전 거울을 몇 번이나 들여다보고 챙기지 않은 물건은 없는지 또 점검했다.

📷 다들 수줍어하지만, 누군가 카메라만 들면 옹기종기 모여서 찍는 거울 샷

교문을 넘고 12반이 적힌 종이의 화살표를 따라 두근대는 마음으로 반으로 들어섰다. 반 배정이 난 후 처음으로 연락했던 친구들이 눈에 띄었다. 막상 이렇게 만나니 카톡 하던 것처럼 대화 나누기가 어려웠다. 누구한테 말을 걸어 볼지, 처음엔 무슨 말로 시작을 해야 할지 고민이 되었다. 제일 처음으로 말을 걸어본 친구는 뒷자리에 앉은 친구였다. 숫기 없고 조용해 보여서 말을 걸어도 괜찮을까

걱정했었는데 막상 대화를 해보니 생각한 것과는 전혀 달랐다. 수줍은 얼굴로 인사를 건네며 첫마디를 꺼냈다. 좋아하는 음식, 노래, 아이돌 등 공감대를 찾아 이야기를 이어나갔다. 때로는 어색해서 정적이 흘렀지만, 그럴 때는 곧바로 다음 주제를 꺼냈다.

다른 친구들의 얼굴과 이름을 익히고 전화번호도 공유했다. 나와 취향이 비슷한 친구, 재미있는 농담을 많이 던지는 친구, 공부를 열심히 하는 친구 등 하루 동안 친구들의 성향을 조금은 알 수 있었다.

격주 등교, 마스크, 거리두기가 계속되면서 친구들과의 물리적 거리도 심리적 거리도 가까워지기가 쉽지 않았다. 하지만 다행히 얼마 지나지 않아 매일 등교로 바뀌었고, 우리는 이야기를 계속 이어 나갈 수 있게 되었다. 마스크를 끼고 있어 얼굴이 보이지 않으니 표면적으로는 친해진 것 같아도 마음을 터놓는 사이는 아닌 것 같았다. 무표정하게 있으면 눈빛만 보여 그 친구의 감정을 쉽게 읽을 수 없어 더 어려웠다. 나 또한 마스크를 끼기 전보다 왠지 소심해진 것 같았다.

유일하게 얼굴을 볼 수 있는 시간은 급식 시간이었다. 마스크를 벗고 서로의 얼굴을 확인하자 알 수 없는 불편함이 해소되었다. 얼굴을 보니 정감이 드는 것도 같고, 그제야 그 친구와 친해지는 듯 한 기분이 들었다. 하지만 반대로 내가 친구들 앞에서 마스크를 벗으려니 뭔가 부끄럽고 민망했다. 그저 얼굴을 보여주는 것뿐인데도 큰 비밀을 알려주는 것 같은 기분이 들었다. 친구들 또한 마스크를 벗는 것을 꺼렸기 때문에 조금 친해지고 나서야 우리는 서로 "마스크 벗어봐!"라는 말을 주고받기도 했다. 그 말을 해야만 얼굴을 확인할 수 있다는 게 씁쓸했다.

점차 우리 반이 익숙해지기 시작
했다. 마스크 때문에 서로의 눈만
보였지만 매일 보다 보니 이름이 저
절로 외워졌다. 친구들도 서로가 전
보다 편해진 것이 느껴졌다. 담임
선생님과 대화를 나누는 시간도 늘
어났다. 처음 선생님을 뵈었을 땐
인상이 차가워보여서 걱정을 했는
데 점점 선생님과 친해지면서 재미
있고 좋으신 분이라는 것을 알게 되

📷 몸도 마음도 '거리'를 두고 있는 우리

었다. 그래서 친구들과 종종 선생님이 첫인상과 다르게 느껴진다는 이야기도
했다.

이제 어느 정도 각자의 성향, 성격을 알게 되었다. 지금 와서 첫날을 다시 되
돌아보면 쓸데없이 걱정을 많이 한 것 같다. 무슨 말을 할지 어떤 말을 해야 될지
를 계속 고민했고 말을 한 후에도 조심스러웠는데 이제는 예전보다 고민을 많이
하지 않고 말하게 되었다. 원래 알던 친구가 아니라서 할 수 있는 이야기, 뭐든지

다 처음 하는 이야기들이 정말 좋았다. 서로의 첫인상은 어땠는지, 자기소개 영상을 보고, 서로를 어떻게 생각했는지 등의 대화도 나누었다.

어떤 친구는 SNS 프로필을 보고 내가 무서운 성격일 것 같다고 생각했는데 실제로 말해보니 전혀 그렇지 않았다고 했다. 나 또한 자기소개 영상을 보고 생각했던 이미지와 엄청 다르게 느껴지는 친구들이 많았다. 조용할 것 같았는데 말이 많은 친구, 도도해 보였는데 재밌고 흥이 많은 친구도 있었다.

첫인상을 보고 오해했던 이야기, 걱정, 고민거리처럼 솔직한 대화를 나눌수록 친구들과 더 가까워지는 것을 느꼈다. 처음엔 마스크가 단순히 입만 가리는 것이 아니라 보이지 않는 벽처럼 느껴졌는데 이젠 마스크를 쓰고 있어도 친구들의 얼굴이 보인다.

📷 '거리'라는 단어는 찾아볼 수도 없어진 우리 사이

📷 마스크 대란이 일어났던 당시
우리집 1등 보물

　모든 학년이 동시에 등교를 시작함에 따라 1학년 반이 모두 모이게 되었다. 등교할 때, 하교할 때, 이동 수업을 갈 때 선배님들과 친구들을 마주치게 되니 감회가 새로웠다. 하지만 시험을 칠 때만 책상의 답답한 가림막을 뗄 수 있었고, 급식을 먹을 땐 항상 가림막을 챙겨가야 했다. 지난번엔 실수로 가림막을 챙겨가지 않았다가 급식을 못 먹은 친구도 봤다. 그 정도로 가림막은 우리의 분신이 되었고 방역은 일상이 되었다. 가끔은 거리두기가 넘을 수 없는 선처럼 느껴져서 선생님 또는 친구들에게 말을 걸기조차 어려울 때도 있었다. 어쩔 수 없음을 알지만, 공부보단 친구들을 보기 위해 학교에 오는 나에겐 정말 가혹했다.

　우리 학교 주변엔 아직도 격주 등교를 하는 학교들이 많았는데 난 매일 등교가 좋다고 생각했다. 매일 친구들을 볼 수 있고 온라인 수업은 쉽게 나태해질 수 있기 때문이다. 등교 개학을 하기 전에는 나만 너무 긴장감을 놓치고 게을러진 건지 하루도 불안하지 않은 날이 없었다. 하지만 매일매일 친구들과 학교에서 부대끼며 생활하니 이제는 같이 으쌰 으쌰 공부하며 선의의 경쟁을 하게 된 것 같았다.

새로운
동아리의 시작

📷 책쓰기의 길잡이가 되어준 책

　이제까지 내가 알고 있던 동아리 활동이란 그저 쉬는 시간, 부담 없는 시간이었다. 진로 찾기 동아리를 들어갔다가 늘 영화만 본 적도 있지만 대부분은 우리가 원하는 동아리 활동을 했다. 그런데 고등학교는 달랐다. 가위바위보로 뽑던 동아리 멤버를 면접으로 뽑고 다들 진로와 관련 있는 동아리에 지원했다. 아직 진로가 확실하게 정해지지 않아 동아리 신청에 어려움을 겪었지만, 글쓰기는 어느 진로에도 도움이 될 것 같아 나는 '쓰담쓰담 책쓰기 동아리'에 지원하게 되었다. 평소에 글쓰기에 관심도 있었고 언젠가 기회가 되면 나의 솔직한 이야기를 담은 책을 내 보고 싶다고 생각하기도 했기 때문이다.

　면접 질문은 무엇일지, 이 동아리에 불합격한다면 어느 동아리로 다시 지원해야 할지 고민이 많았다. 게다가 면접을 줌(화상회의 앱)으로 진행해서 더욱 떨렸다. 하지만 생각보다 그리 어려운 질문도 없었고 선배님들도 친절하셨다. 다른 친구들이 원하는 동아리에 합격했다는 얘기를 듣고 나만 떨어질까 봐 조금 걱정했지만, 마침내 저녁에 합격 통보가 와서 정말 기뻤다. 동아리 활동을 선배님들과 함께하는 것은 처음이기도 하고, 중학교 때와는 달리 본격적으로 동아리 활동으로서의 글쓰기를 할 수 있게 되어서 정말 기대되었다. 앞으로의 동아리 활동이 정말 기다려졌다.

📷 마스크도 우리 반도 이제는 떼려야 뗄 수 없는 사이가 되었다.

매일 자가 진단을 하고 열화상 카메라로 열을 체크하고, 가림막을 들고 가서 급식을 먹는 생활들이 익숙해졌다. 이젠 코로나가 일상생활 속에 녹아든 것이다. 깜빡하고 마스크를 안 끼고 나가면 현관문을 나서기 전에 입 주위가 허전해서 바로 알아차린다. 주변에 가끔 마스크를 안 쓴 사람이 있으면 따가운 시선이 쏟아지고, 마스크 목걸이도 유행하고 있다. 이렇게 학교와 사회가 코로나에 적응하기까지 벌써 몇 달이나 걸렸다. 코로나가 몸과 마음을 답답하게 하고 학교도 못 가게 해서 처음엔 이 상황을 그저 원망하기만 했지만, 지금은 '언젠가 끝이 나겠지' 하고 마치 특별한 상황이 아닌 것처럼 생각한다.

일상인 거리두기와는 상관없이 우리들의 마음속 거리는 정말 가까워졌다. 코로나가 이제 익숙해진 것처럼 우리 사이도 그렇다. 우리가 가끔 처음 만난 날을 떠올려 얘기를 할 때면 그땐 정말 어색했었지, 하고 웃으며 말한다. 이처럼 언젠가 코로나도 그땐 그랬었지, 하고 웃으며 얘기할 수 있는 때가 왔으면 좋겠다.

📷 인연이란 사막에 모래알을 버리고 그 모래알을 다시 찾을 확률과도 같다.

　한 영화의 명대사를 응용해 본다. 이 지구상 어느 한 곳에 아주 작은 바늘 하나를 꽂고 저 하늘 꼭대기에서 밀 씨를 딱 하나 떨어뜨린다. 그 밀 씨가 나풀나풀 떨어져서 그 바늘 위에 꽂힐 확률, 바로 그 계산도 안 되는 기가 막힌 확률로 우리들이 지금 이곳 지구상에, 그 하고많은 나라 중에서도 대한민국, 대한민국 중에서도 대구, 대구 안에서도 시지고등학교, 그리고 또 1학년, 그걸로도 모자라서 같은 반에서 만난 것이다. 이렇게 엄청난 확률로 만난 것이 바로 '인연'이라고 한다.

　그 뿐만 아니라 지금 이 책을 읽고 있는 독자도, 이 책을 같이 쓴 친구들, 선배님, 선생님과도 엄청난 인연이 있다고 생각한다. 또 그 수많은 인연 중에서도 소중한 친구를 만난다는 것은 로또를 맞는 것보다 100배 아니 10,000배는 더 이루기 어려운 확률일 것이다. 그래서 나는 앞으로 다시는 경험하지 못할 우리 반 친구들과의 만남을 소개하고 싶었다.

　그냥 평범한 학교생활의 이야기가 아니라 코로나로 변해 버린 이야기를 구체적으로 담아 학생들에겐 공감을, 사회인들에겐 색다른 학교생활을 들려주면서도 힘든 이 시점에 행복했던 학창 시절을 떠올려보는 기회가 될 수 있었으면 한다. 앞으로 코로나가 종식되고 다시 일상생활을 되찾을 수 있을 때까지, 모두가 자신의 소중한 인연과 함께 잘 지낼 수 있으면 하는 바람이다.

작가
소개

이정현

2003. 11. 21.

노래 들으며 걷는 것과

망고 빙수, 버블티를 아주 좋아한다.

현재 사회복지사가 꿈이며 영화 '어린 의뢰인'을

보고 불의를 외면하지 않는 사회복지사가

되는 것이 목표가 되었고,

사회복지사 생활과 취미 생활을 병행하며

사는 것이 꿈이다.

코로나 사용법

WRITTEN/PHOTO BY 이정현

illustrated by 김보령

📷 한창 밖에 나가지 못했을 때 유난히 생각이 많이 났던 2019년에 본 바다

Prologue

2020년 2월 갑자기 우리 사회를 강타한 코로나로 인해 개인의 삶, 사회가 많이 바뀌게 되었다. 여태 이런 일이 없었기에 더욱 낯설고 불안정했던 나의 생활에 관해 이야기하려고 한다.

여행을 하던 중 일어난 일

2020년 평화롭던 1월, 나는 보라카이 여행을 떠났다. "사흘 동안 예쁜 바다와 노을을 보고 정말 기분 좋게 하루하루를 보냈다."라고 하고는 싶지만 사실 여행 중간에 코로나가 발생했기 때문에 평화롭지는 않았다. 뉴스에는 온통 코로나 얘기가 흘러나왔고, 가이드께선 사람들이 모이는 곳에서는 마스크를 꼭 끼라고 이야기하셨다. 그리고 다른 학교가 개학을 미루고 있다는 소식도 들려오고 있는 참이었다. 그때

보라카이 여행 첫째 날에 찍은 손톱달과 노을이 잘 보여서 예쁜 사진

마침 나는 유심칩을 바꿔 끼우고 있었기 때문에 문자는 못 받았지만, 보라카이에 같이 갔던 언니가 시지고도 개학이 미뤄질 수도 있다고 했다. 우리 학교 소식을 졸업한 언니 입으로 들으니까 '심각한 줄은 알았지만, 예상보다 일이 커지고 있구나!'라는 생각이 들었다. 마음이 살짝 불편한 상태로 거리를 돌아다니는데 엄마가 계속 목이 아프다고 하셔서 더 걱정되었다. 보라카이에서도 사람이 많은 곳에서는 항상 마스크를 쓰고 다녔다. 마스크 때문에 조금은 답답했지만 오랜만

에 간 해외여행이었기에 나에게는 행복했던 여행이었다. 하지만 여행이 끝나고 다시 한국에 도착하니 코로나 사태는 점점 더 심각해지고 있었다.

기다리던 겨울 방학 후의 개학식 날 우리 학교는 개학이 미뤄지지 않아서 원래 예정되어 있던 날에 개학하게 되었다. 친구들은 개학을 미루는 다른 학교가 많았는데도 불구하고 우리는 정상 등교를 하게 되어서 학교 가는 것을 싫어했다. 몇 달 뒤 상황은 정반대였지만. 어쨌든 학교 지침에 따라 전교생이 다 마스크를 쓰고 등교를 하게 되었고, 우리는 친구들과 밥을 먹을 때도 절대 마스크를 빼고 이야기하지 말라면서 진담 섞인 농담을 하며 밥을 먹었다. 어쩌면 몇 달 뒤 상황을 우리가 미리 연습하고 있었던 건지도 모른다. 그렇게 불안한 상황 속에서 생각보다 평화롭게 일주일의 등교 기간이 흘러갔다.

집에 있던 어느 날, 2월 20일쯤 대구에 코로나19 확진자가 갑자기 폭발적으로 늘어나기 시작했다. 대구 시민들은 하루하루 공포에 떨면서 뉴스를 보게 되었고 모두의 걱정과 염려 때문에 3월 개학도 미뤄지게 되었다. 이러한 상황 때문에 학교 수업을 못 하게 되자 학교에서는 리로스쿨이라는 앱을 통해 학생들에게 과목마다 과제를 주었다.

아마 모두가 2월 한 달 동안 넘치는 과제로 감당이 되지 않았을 것이다. 나와 내 친구들이 그랬듯이. 과제를 하다가 힘들 때면 내가 좋아하는 버블티가 먹고 싶을 때가 있는데, 그 가게에 누가 왔다 갔는지도 모르는 상황이라 밖에 나가는 것이 두려워 먹고 싶은 것도 마음 편히 먹을 수 없었다. 과제에만 치여 살던 아주 슬프고 고통스러운 시간이었다. 상상 이상으로 쏟아지는 과제에 불평불만을 하는 친구들도 꽤 있었다. 정말 과제가 어마어마했다. '내가 이걸 다 할 수 있을까?' 하는 생각을 매일 했던 것 같다. 그렇게 과제를 해가면서 하루하루를 생활하다 보니 많은 우리들은 과제 스트레스에 차라리 학교 가기를 원할 정도였다.

코로나 적응기

집에만 박혀 지내니까 사람들이 많이 심심했는지 여러 가지 놀이와 문화를 개발했다. 사람들이 여러 놀이와 문화를 만드는 것을 보고 많이 답답해하고 있다고 생각했다. 그걸 가장 실감했을 때가 바로 선거일이었다. 밖에 나갈 이유가 생겨서 그런지 이번 선거는 참가율이 가장 높았던 선거로 유명했다. 집에서만 지내고 있다가 합법적으로 나갈 기회가 생겼는데 이를 마다할 사람은 없을 것 같다는 생각이 들었다.

그리고 달고나 커피 만들기와 같이 집에서 할 수 있는 홈 베이킹도 유행이었다. 또 인스타에는 스토리 올리는 기능이 있는데, 그 스토리를 올릴 때 하트 안에 집이 있는 모양의 '집콕 중'이라는 스티커도 유행이었다.

인별그램 스토리 기능에 있는 '집콕 중' 스티커

내 친구들도 '집콕 중' 스티커를 정말 많이 사용했다. 하지만 귀찮음도 많고 아무것도 안 하고 싶어 하는 집순이인 나는 유행했던 놀이와 문화마저 동참하지 않았다.

평소처럼 인스타그램을 하다가 우연히 달고나 커피를 개발한 사람은 밖에 다니는 것을 좋아한다는 글을 봤다. 원래 밖에 돌아다니면서 에너지를 쏟다가 에너지를 발산할 곳이 없으니까 집에서라도 활동하면서 달고나 커피를 만들게 되었다고 하셨다.

난 그 말이 정말 인상 깊었던 게 내 친구들 중 달고나 커피를 만든 친구들을 보면 대부분 약속도 잘 잡고 밖에 잘 돌아다니는 친구들이었다. 하지만 나는 친구들이랑 약속도 잘 안잡고 친구들이 만나자고 하면 밖에 나가는 성격이었던지라 사실 집에 박혀 있으면서 하나도 답답하지 않았다. 좋은 건지는 잘 모르겠지만 답답하지 않았으니 좋은 걸로 생각을 할 것이다.

사람들이 이런 달고나 커피를 만드는 게 신기했고, 시간을 그냥 보내지 않는 것 같아 부지런해 보였다. 그렇게 달고나 커피가 유행처럼 번져나가 유명 연예인들도 달고나 커피를 만들기 시작했고, 이렇게 사람들은 점점 코로나에 의한 집순이 생활에 적응해가는 것 같았다.

답답할 땐
산책하기

\#

나는 평소 생각이 많은 편이다. 이 때문에 혼자 있는 시간이 꼭 필요하고 그 시간을 아주 소중하게 생각하는 편인데 올해는 코로나로 인해 학교에 가지 않으면서 혼자 있는 시간이 많아졌다.

그러다 보니 당연히 나의 내면의 소리에 귀 기울이는 시간도 늘어났고, 학교에 가지 못한 3개월 동안은 정말 생각이 많아졌다. 학교에서 친구들을 보면 웃고 떠들고 장난치는 시간이 많아서 별생각 없이 하루를 살게 되는데 오랫동안 혼자 있으면 그게 어렵다. 그리고 생각이 좋은 쪽으로만 흘러가면 좋겠지만 그렇지 않을 때가 많다. 나는 올해 친구들을 못 만나게 되면서 기분이 가라앉을 때가 많았다. 이래서 인간은 사회적 동물이라고 하는 것 같다.

힘들거나 많은 생각이 들 때면 산책을 한다. 정말 힘든 날에는 5시간씩 걷기도 한다. 아마 걷는 시간과 힘듦이 비례할 것이다. 그렇게 오랫동안 걷고 나면 몸이 힘들어져서 다른 잡생각이 안 나는 것 같다. 많은 사람들이 그렇겠지만 난 마음이나 정신이 힘든 것보다 몸이 힘든 게 백배 천배 낫다고 생각한다.

이번 3월은 혼자 있으면서 나를 더 알아갈 수 있었지만 동시에 조금 버겁기도 한 시간이었던 것 같다. 내가 계속 말하듯 나는 생각이 많은 편이어서 평소 좌우명이 '단순하게 생각하자'일만큼 생각을 적게 하며 살려고 노력하고 있다. 예를 들어, 나는 복잡한 생각은 하지 말자는 주의여서 복잡한 생각이나 고민이 든다면 얼른 그 생각에서 벗어나려고 한다. 내가 이런 성격이라서 같이 있을 때 별 생각이 안 들고 마음이 편안해지는 사람이랑 있는 것을 좋아하는 것 같다.

산책했을 때 찍은 사진을 보면 그 당시에 마음이 복잡한 상태였음에도 다시 산책하고 싶은 마음이 든다. 아마 산책을 하면 복잡한 마음을 해소할 수 있는 게 내가 산책을 좋아하는 이유인 것 같다.

📷 3월 초에 고모역 쪽을 산책하다 찍은 하늘

집에서 계속 점점 늘어나는 확진자 수를 보면서 매일 이만큼 확진자가 나오는 것도 신기하다는 생각이 듦과 동시에 어떻게 하루 안에 그렇게 빨리 확진자를 찾는 것일까 라는 생각도 들었다. 또 내 꿈이 '사회복지사'이다 보니 자연스럽게 내가 그 직업을 가졌을 때 이런 코로나바이러스 같은 큰 사회적 문제가 생긴다면 어떻게 해야 할 것인지에 대한 상상과 시뮬레이션을 하게 되었다.

나는 꿈도 큰 편이고 아주 이상적인 세상을 꿈꾸는 사람이기 때문에 다소 현실성이 떨어질 수 있지만 내가 생각한 방법은 이런 것이다. 이번에 많은 사람들이 병실에 자리가 부족해서 아픈데도 병원에 가지 못하고 힘들어하는 모습을 보며 마음이 아팠다.

그래서 꼭 병원이 아니더라도 치료를 할 수 있는 작은 공간을 아파트마다 마련해서 사람들이 쉽게 치료를 받을 수 있다면 좋을 것이라고 생각했다. 그리고 이번에 코로나로 컴퓨터나 휴대폰을 사용할 일이 아주 많아졌는데 이런 기기에 익숙하지 않은 어르신분들이 기기를 배우는 시간도 필요하다고 생각한다.

그리고 병원에서 근무하시는 많은 감사한 분들이 가족들도 자주 보지 못하는 채로 계속 근무만 하신다. 그분들은 마스크 때문에 귀도 아프고 가족들도 보지 못해서 더 서럽고 슬플 수도 있는데 우리 모두의 건강을 위해 희생해주신 분들이니까 그분들을 위한 복지가 아주 중요하다는 생각이 들었다. 그래서 나는 한 사람이 충분히 쉴 수 있을 만큼 최대한 많은 의사와 간호사를 채용하고, 교대해 가면서 가족들도 보고 자신의 몸도 챙기면서 근무를 하셨으면 좋겠다. 그게 어렵다면 병원 옆에 작은 숙소 같은 걸 마련해서 가족들과 오래 볼 수 있도록 해주면 좋을 것이다.

이번에 방송을 통해 어린아이들이 자신의 부모님을 자주 보지 못해서 슬퍼하는 모습과 부모님을 보고 싶은 마음에 병원에 왔다가 시간의 제한과 감염의 위험 때문에 도시락과 편지만 두고 가는 쓸쓸한 아이의 뒷모습을 봤다. 어린아이의 뒷모습에서 슬픔이 보이니까 너무 안쓰러웠고, 우리나라의 복지가 좀 많이 개선됐으면 좋겠다는 생각을 더 크게 가지게 되었다. 이렇게 집에서 지내는 동안 현재 나와 사회의 상황에 대한 여러 가지 생각이 들었다.

때로는 지금 코로나 상황이 나아질 것 같지 않고 내가 시간을 헛되게 보내는 것 같다는 생각 때문에 힘들어질 때도 있었지만 진로에 관해서도, 나의 모습을 들여다보는데 있어서 이러한 변화가 도움이 된 것 같아서 굉장히 의미 있는 시간이 되었다.

Epilogue

올해 코로나 때문에 개학도 많이 늦춰지고 그로 인해 많은 시행착오를 겪게 되었다. 하지만 우리 모두가 이 시기를 겪으면서 정신적으로 성장을 한 부분이 있기에 다행이라는 생각도 든다.

이 책을 읽을 사람들 중, 특히 나와 같은 또래의 학생이거나 같은 진로를 가지고 있는 학생이라면 내 책을 읽고 많은 공감의 시간을 가지면 좋겠다.

이번 기회로 다사다난했던 2020년 나의 일상 이야기를 남길 수 있게 되어서 영광이다.

양우진

2004. 08. 17.

무더운 여름에 태어났다.

평범하게 초등학교를 졸업하고 중학교에 다니다가

중학교 2학년,

우연히 책장에 꽂혀있는 심리학책을 보고

임상심리사라는 직업에 관심이 생겼다.

고등학교 1학년인 지금 그 꿈을 이루기 위해 노력하고 있다.

일상적이지 않은
일상

WRITTEN/PHOTO BY 양우진

Prologue

자고 일어나면 학교에 가고, 주말마다 운동하고, 시험이 끝나면 친구들과 만나서
노래방을 가는 것이 나의 일상이었다. 하지만 어느 순간 일상이 일상적이지 않게
되었다는 것을 느꼈다. 자고 일어나도 학교에 안 가고 컴퓨터를 먼저 켜야 했고
시험을 치고 나서도 노래방에 가자는 말도 못 하게 되었다. 이 글은 이렇게 갑자기
바뀐 일상 속에서 내가 어떤 생각을 하며 지내왔는지에 대한 글이다.

어느 날 뉴스를 보고 있었는데 중국 우한에 바이러스가 퍼졌다는 내용이었다. 뉴스를 그다지 즐겨보는 편은 아니었지만, 그 내용은 관심을 가지기에 충분했다. 박쥐 같은 동물을 먹은 게 원인이 된 것 같다고 뉴스에 보도되었기 때문에 '뭐 식중독 같은 건가 보다.'라고 생각했다. 그렇게 그 바이러스가 우리나라까지 퍼질 거라는 생각을 하지 못하고 채널을 돌렸다. 시간이 조금 더 지나니 TV에는 중국 전역에 코로나가 퍼지고 다른 여러 나라에도 확진자가 발생했다는 보도가 나왔다. 그래도 나는 별 감흥이 없었다. 나는 설마 이 바이러스가 내 생활까지 침범할까 싶었기에, 그 무렵에도 놀거나 고등학교 공부를 하고 있었다. 그렇게 금방 지나가고 해결될 그런 문제일 줄 알았다.

그 후 얼마 지나지 않아 한국에서도 확진자가 발생하기 시작했고 이어서 대구 지역의 몇몇 확진자로 인해 확진자가 많이 발생하게 되었다. 그제야 나는 상황의 심각성을 깨달았다. 그래도 내 생활이 크게 바뀌지는 않았다. 학교도 못 가니 놀면서 시간을 보냈고 그때까지만 해도 밖으로 안 나가도 된다는 것이 굉장히 좋았다.

온
라
인
# #
개
학

코로나19로 인해 고등학교 입학식을 온라인으로 하게 되고 수업도 온라인으로 하게 되었다. 개학한 이후에는 집에서 일어나면 출석 체크를 하고, 강의를 듣고 점심을 먹은 후 다시 강의를 듣고 과제를 하고 잠드는 일상의 반복이었다. 솔직히 말하면 이러한 일상이 굉장히 재미있었다. 특히 잠이 많고 해야 할 일들을 귀찮게 여기는 경향이 심한 나에게는 수업을 자유롭게 듣고 과제를 몰아서 해도 된다는 사실이 큰 장점으로 다가왔다.

또 요리하는 걸 좋아하게 되었다. 원래도 흥미가 있었지만, 점심을 학교에서 먹으니 실제로 해볼 시간이 없었다. 이제는 집에 계속 있게 되면서 여유가 생겨 유튜브에 쉬워 보이는 요리가 있으면 점심으로 그걸 만들어 먹어보기도 했다. 그중 가장 시간이 오래 걸린 요리가 아마 볶음밥이었다. TV 프로그램 '강○당'에 꽂혀서 하이라이트를 계속 돌려보다가 그 프로그램에서 볶음밥을 만드는 장면을 보게 되었다. 나는 그 밥이 굉장히 맛있어 보여서 인터넷에 있는 레시피를 찾아 만들어 보았다. 하지만 아쉽게도 완성된 요리의 맛은 맛있지도 않고 맛없지도 않은 그저 그런 맛이었다.

이렇게 코로나로 인해 집에서 보내는 일상이 장점도 많았지만, 단점도 많았다. 가장 큰 단점은 굉장히 심심했다. 처음 한 달 정도는 괜찮았지만, 코로나 때문에 친구를 못 만나게 된 것이 힘들었다. 친구들을 만나서 일상 얘기를 하는 것이 큰 즐거움이었는데, 이야기를 나눌 대상이 없다는 게 너무 힘들었다. 통화로도 대화를 할 수 있었지만, 나는 친구라면 문자보다는 통화를, 통화보다는 만나서 대화하는 것이 더 좋았기 때문에 만족하지 못했다.

또 다른 단점이 있다면 건강이 매우 나빠졌다. 매주 습관처럼 하던 운동도 못하게 되고 집안에 갇혀 있다 보니 근육이 빠지고 살이 쪘다. 중학교에 다닐 때부터 친구들과 매주 주말에 축구를 하는 게 일상이었는데 이제 그것도 못 하게 되어서 몸이 굳는 듯한 느낌이 들었다. 나중에는 더는 안 되겠다 싶어 집에 있을 때 혼자 핸드폰 앱으로 운동을 하기도 했다.

📷 운동하는 사람이 없는 배드민턴장

컴퓨터와 친해지기

📷 과제 할 때 책상 세팅

가장 힘들었던 점은 과제 제출이었다. 온라인으로 과제를 낸다는 것이 나에게는 너무 어려웠다. 그 이유는 대부분 과제가 컴퓨터로 하는 것이었기 때문이다. 나는 타자가 매우 느린 편이다. 컴퓨터 게임을 즐겨 하는 것도 아니고 대부분 인터넷 쇼핑이나 서핑을 할 때도 핸드폰이나 태블릿을 사용했기 때문에 컴퓨터를 할 때가 잘 없었다. 그래도 컴퓨터로 하는 과제가 힘들었지만, 타자 실력이 느는 데 많은 도움이 되기도 했다. 원래는 일명 독수리 타법으로 키보드를 보면서 타자를 쳤었는데 시간이 조금 지나니 어느 정도 안 보고 치는 것이 가능해졌고, 이제는 열 손가락 모두 움직이면서 칠 수 있을 정도는 되었다. 과제로 인해 키보드를 안 보고 타자를 칠 수 있게 되어서 뿌듯한 마음이 들었다.

만남의 광장이 된 학원

온라인 클래스와 과제를 반복하고 학원 수업도 온라인으로 해서 밖으로 나갈 일이 잘 없었다. 그로 인해 사람을 못 만나다 보니 어딘가 모르게 답답하다는 느낌을 많이 받았다. 다행히도 온라인으로 운영되던 학원이 학교보다 빨리 오프라인으로 바뀌게 되어서 드디어 주기적으로 밖을 나갈 수 있게 되었다.

📷 학원으로 걸어가는 길

평소와의 차이점이 있다면 원래 학원에 갈 때는 버스를 타고 갔었는데 그때는 코로나가 무서워서 버스를 못 탔었다. 대신 걸어서 학원에 갔는데 걸어갈 때도 사람이 많이 없는 뒷길로 걸어갔다. 그 길은 아침이든 저녁이든 사람이 많이 다니지 않는 길이라서 코로나가 터지기 전부터 자주 다니던 길이었다. 그런데 사람들이 코로나로 인해 집에만 있어서 답답했는지 그 길로 아침, 저녁 할 것 없이 많은 사람이 산책을 다니기 시작했다. 그 길로 다녔던 4년 동안 그 정도로 사람이 많은 걸 처음 봤다. 사람이 많고 사진 찍는 사람도 많아서 그런지 관광지에 온 것 같은 느낌도 받아서 좋았다.

또 # 같 은 실 수

   이런 나날들을 보내면서 점차 학교에 가고 싶어졌지만 막상 등교 개학을 한다고 하니 학교에 가기 싫어졌다. 하지만 등교 개학 날짜가 잡힌 이후로 시간은 눈 깜빡할 사이에 지나갔다. 그런데 기적이라고 해야 할지 고통이라고 해야 할지 모르겠지만 등교 개학 날짜가 미뤄졌다. 그 소식을 들었을 때는 조금 허탈했다. 하지만 인간은 같은 실수를 반복한다고 했던가, 안내 문자가 오자마자 긴장이 풀어져서 개학 날까지 놀아버렸다.

   나중에 개학 날짜가 한 번 더 미뤄졌을 때도 나는 완전히 고등학교에 간다는 긴장감이 사라져서 놀기만 했다. 방학 때는 고등학교 공부를 하겠다고 계획을 잡아놓았으면서 온라인 개학 기간에는 온라인 수업을 해야 한다고 미루는 등 여러 가지 핑계로 미뤄서 공부를 하지 않았다. 이렇게 생활했던 걸 알면서도 또 게으름을 피웠으니 개학을 한 이후, 고등학교 생활을 하면서 그때 시간을 버렸다는 생각에 좌절했다. 결과적으로는 성적이 나쁘게 나오진 않았다. 그저 더 잘 할 수 있었는데 못 한 나에게 부끄러움을 느꼈다. 그래서 지금은 장기적인 계획 말고 내일 해야 할 일을 적고 실천하는 것으로 나의 잘못된 습관을 바꾸고 있다.

Epilogue

📷 다사다난했던 2020년,
기차역처럼 쉬어갈 수 있었던 쓰담쓰담 동아리

　주제를 정하기는 했지만 내가 글로 쓸 정도로 많은 일이 있었나 하는 걱정이 있었다. 그렇지만 생각보다 그동안 있었던 일들이 많았고 지금 생각해보면 현재 나에게 좋은 영향을 많이 준 것 같다. 글을 쓰면서 2020년에 코로나가 터졌음에도 나름대로 시간을 잘 보낸 것 같다는 생각이 들어 쓰면서도 기분이 좋았다.

　늘 생각만 했던 것들이어서 그런지 밖으로 꺼내는 것도 힘든데 그걸 10페이지 분량으로 풀어내는 것이 제일 힘들었다. 그래도 글로 적으니 생각이 정리되면서 내 생각을 글로 표현하는 능력이 좀 올라간 것 같아 좋은 성장의 기회가 되었다고 생각한다.

Q3

코로나에 직면한
우리 사회, 이대로 괜찮을까요?

작가
소개

최 정 원

2004. 03. 08.

좋아하는 것은 빈둥거리기.

싫어하는 것은 바퀴벌레.

취미는 하늘 보기.

MBTI는 INFP다.

(나중에 바뀔지도 모르겠다)

'감사하며 살자' 라는

마음가짐으로 하루하루를

 살아가고 있는 집순이 여고생이다.

"코로나 빨리 이겨내자!"

지구가 아파요

WRITTEN/PHOTO BY 최정원

Prologue

2020년, 코로나19로 인해 모든 것이 바뀌었다.

마냥 당연한 줄만 알았던 일상이 한순간에 물거품이 되었다.

지구는 과연 어떤 것이 변화했으며,

우리가 사는 환경은 어떤 영향을 받았을까?

우리의 삶에 큰 영향을 준

코로나로 인해 변화된 지구의 모습과

환경에 관한 이야기를 풀어내려고 한다.

📷 맑은 하늘과 같이 우리의 미래도 맑길…

오히려 늘어난 일회용품

코로나가 가져온 것은 사람들의 고통뿐인 걸까? 사람들이 코로나로 인해 사망하고 아파하는 동안 지구도 아파하고 있다. 지구가 아파하고 있는 이유 중 하나는 일회용품이다.

우리의 일상생활에서 흔히 볼 수 있는 것이 일회용품이다. 즉, 요즘은 일회용품 없이는 생활이 힘들어질 정도이다. 일상생활에서 일회용품을 많이 사용하면서 살아왔다. 하루는 장을 보러 마트에 갔었다. 마트의 주변을 돌아보면 거의 다 플라스틱, 비닐봉지와 같은 일회용품을 사용하고 있는 것을 볼 수 있었다. 또 배달 애플리케이션으로 음식을 시켜 먹을 때면, 매번 일회용품이 너무 많이 나와 곤란할 정도였다.

코로나 사태 이후 배달주문 증가, 마스크 착용 필수 등 많은 부분에서 일회용품 사용이 급증했고 심지어 환경부에서 실시한 카페에서 발생하는 일회용품을 줄이는 정책은 코로나 해결이 시급하다는 문제로 인해 수립이 아닌 한시적 허용 단계로 돌아갔다. 이런 이야기를 들으면 들을수록 마음이 아파질 뿐이었다. 환경부가 고안하여 내놓은 환경 정책인데 물거품이 되어버렸다는 점에서 안타까웠다.

이러한 일상 속에서 플라스틱은 우리 삶의 문제로 남아 있다. 우리는 코로나로 인한 위기상황에서도 일회용품을 줄일 수 있을까? 그 대답은 간단하다. 평소에 분리배출을 제대로 함으로써 문제를 해결하는 것이다. 그러나 가장 효과적인 방법은 일회용품을 사용하지 않는 것이다.

그래서 직접 일회용품을 줄이려 노력하였지만, 마트에 가보니 일회용품을 사용하지 않고서 살 수 있는 것이 한정되어있다는 사실을 깨달았다. 대부분이 일회용품으로 가득 찬 모습을 보는 순간, 막막해졌다. 이는 마치 A라는 곳에서는 분리수거를 제대로 하며 일회용품을 줄이려고 노력하지만 동시에 다른 곳에서는 일회용품을 매시간 소비하고 있어 A에서 하는 노력이 한순간에 물거품이 되어버린 모습을 본 느낌이었다. 이러한 까닭으로, 여태까지 분리수거해온 것들이 작은 먼지처럼 느껴졌고 '소용이 없는 것이 아닌가'라는 생각도 들었다. 나의 일회용품을 줄이는 노력이 처한 상황을 깨달으면서 최소한의 일회용품을 사용하는 방법을 택하자는 다짐을 했다. 또한, 환경 오염을 방지하는 것은 다 같이 노력해야 하기에 일회용품을 줄이는 노력을 더 열심히 해야겠다는 생각이 들었다.

코로나로 인해 일회용품이 더 대중화된 지금, 일회용품을 줄이자는 움직임은 사실상 어려운 것이 안타까운 현실이다. 하지만 다 같이 노력한다면 지구는 충분히 바뀔 수 있으니, 우리 모두가 실천했으면 좋겠다.

📷 일회용품을 줄이려는 노력

📷 일상 속 일회용품인 플라스틱

마스크 # 일상 속에 들어온 필수품,

코로나가 발생함과 동시에 일상화되어 버린 마스크는 어떤 존재일까?

코로나 발생 이후로, 우리는 마스크를 쓰지 않는 날이 없다. 매일 쓰고 다니며 심지어 밥 먹을 때만 벗는다. 코로나는 지구적 문제이기에 대한민국에 거주하는 사람들뿐만 아니라 전 세계의 모든 사람이 마스크를 낀다. 마스크가 코로나 예방에 도움을 주는 것은 사실이다. 하지만 마스크는 환경 오염에 영향을 끼친다. 왜 환경 오염에 영향을 준다는 것일까?

우리 일상에서 깊숙이 들어온 마스크, 코로나를 막아준 무척 고마운 마스크, 이 마스크는 코로나 발생으로 기하급수적으로 생산되었다. 하지만 많이 생산됨에 따라 마스크는 그만큼 많이 버려지게 되었다. 하루에 마스크가 버려지는 양만 해도 엄청날 것이다. 마스크에 오염 물질이 묻어있을 수도 있기에 마스크는 재활용이 될 수 없는 쓰레기이며 종량제 봉투에 버려야 한다. 이렇게 마스크를 사용 후 종량제 봉투에 잘 버리면 환경에 문제가 없지만, 마스크는 무분별하게 버려지고 있다. 실제로 마스크가 버려져 있는 것을 본 적이 있는데 무분별하게 버리는 사람들의 심리가 궁금했다. 종량제 봉투에 버리지 않는다면 과연 어디에 버리고 있는 것일까?

사람들이 마스크를 종종 길가에 버리는 경우가 있다. 이런 경우에는 바다로

길에 버려진 마스크

흘러 들어가서 바다에 의해 잘게 부서진다. 부서지면 해양 생물들이 먹이로 착각하여 먹기도 하고, 먹이사슬로 인해 결국 우리들까지 이를 먹게 된다. 심지어 이렇게 된다면 수거하기도 힘들어서 바다의 환경문제는 심각해질 것이다. 인간으로부터 무고한 생명체들이 피해를 본다는 사실과 심지어 사람들도 피해를 볼 수 있다는 생각에 마음이 아프다. 이러한 문제가 반복되면 지구에 사는 생명체들은 모두 위험한 상태에 놓이지 않을까? 어떻게 모든 생명체와 평화롭게 살아갈 수 있을까?

이런 문제점들이 환경 오염을 일으키고 있다. 이를 방지하기 위해서 내가 알고 있는 두 가지의 방법이 있다. 첫 번째 방법은 빨아 쓰는 마스크를 사용하는 것이다. 빨아 쓰는 마스크는 최근에 공장에서 많이 생산되었고 외출 시 이 마스크를 착용하는 것을 권장하기도 한다. 두 번째는 일회용 마스크를 사용하되, 제대로 된 방법을 사용해서 버리는 것이다. 이러한 방법들로 환경 오염이 보다 줄어들었으면 한다.

투 명 한 지 구

코로나가 가져온 것은 환경 오염 뿐인 걸까? 이쯤 되면 의구심이 들지도 모른다. 코로나는 환경에 대해 나쁜 영향만 끼친 것이 아니라 좋은 영향도 동시에 가지고 왔다.

코로나로 인해 사람들이 활동을 안 하게 되면서 녹조로 인한 짙은 녹색과 검은색으로만 보였던 물이 자갈이 다 보일 만큼 투명해졌다. 사람들의 공장, 자동차 사용도 줄어들어 대기 오염 물질이 줄어들었다. 대기 오염 물질로 가득했던 회색빛 하늘은 구름 한 점 없는 깨끗하고 푸른 모습으로 바뀌었다. 또 야생 동물들은 깨끗해진 환경에서 자유롭게, 활기차게 돌아다닐 수 있게 되었다.

이렇게 코로나로 인한 인간의 활동량이 감소함에 따라 지구는 평소 같았다면 쉽게 볼 수 없었을 극적인 효과를 누렸다. 지구는 놀라울 정도로 투명해졌고, 이런 모습을 보면 마치 코로나가 인간들을 벌 받게 하려는 신의 장난처럼 느껴졌다. 사실 나는 가깝고도 먼 미래에 대한 걱정거리가 많았다. 인간의 무분별한 환경 오염으로 인해 지구가 나중에 멸망하지 않을까, 미래에 우리의 후손들이 '인터스텔라'라는 영화에서 본 것과 같이 식량 부족에 시달리는 것은 아닐까 등. 지금껏 인간으로부터 발생한 환경 오염을 되돌릴 수 없을 것이라고 생각했다. 이런 걱정을 하는 것이 시간 낭비라 할지 몰라도 나는 앞에서 말한 것과 같은 문제들이 미래에 정말 일어날 것만 같았다. 그뿐만 아니라 환경 오염을 소재로 다뤄진 영화나 드라마를 볼 때도 그러한 생각을 떨칠 수 없었다. 그러나 코로나가 발생한 이후 지구가 극적으로 되살아나는 것을 보고 조금의 희망을 다시 본 것 같다. 마치 무섭고 어두컴컴한 방안에 작은 빛줄기가 내려온 것과 같은 느낌이다.

만약 2020년에 코로나가 발생하지 않았더라면 몇 개월 만에 환경이 이렇게까지 좋아질 수 있었을까? 우리가 여태까지 지구에 피해를 주고 있었던 게 아닐까? 인간은 과연 지구에 필요한 존재일까? 사실상 지구에 가장 해로운 것은 인간이 아닐까? 인간이 단지 몇 개월 동안만 활동을 멈추었을 뿐인데 지구가 조금이나마 복원되었다. 이로써 환경 오염의 완화는 우리의 손에 달려있다는 것을 깨달았다.

코로나로부터 일어난 사건들을 생각하며 여태까지의 환경에 대한 우리의 잘못을 인정하고, 앞으로 그려나갈 미래를 위해 우리가 해야 할 행동을 생각하며 환경을 더욱더 생각하는 사회가 되었으면 하는 마음이다. 하지만 코로나가 가져온 깨끗한 환경은 마냥 기쁘지만은 않은 것이 현실이다. 그 이유는 코로나라는 위기 상황 뒤에는 코로나 환자를 위해 힘써 주시는 의료진분들이 있으시기 때문이다. 우리가 모두 코로나를 잘 이겨내서 건강도, 행복도, 환경도 지킬 수 있었으면 좋겠다는 생각이 든다.

📷 하늘이 맑아진 풍경

Epilogue

　나는 책을 몰랐다. 오빠가 "제발 책 좀 읽어라. 나중에 후회한다."라는 말을 수도 없이 했다. 그러나 나는 책을 많이 읽어보지 않았을 뿐더러 좋아하지도 않았다. 사실 지금은 책을 안 읽은 걸 후회하고 있다. 하지만 과거를 되돌릴 수 없는 것을 잘 알고 있기에 이러한 후회가 반복되지 않도록 책을 읽는 노력을 하며 나의 미래를 바꿔놓을 것이다.

　책을 모르는 나였기에 사실 책쓰기 동아리에 들어오기까지 굉장히 망설였고 고민을 했다. 그래도 용기를 내고 들어온 만큼 내가 할 수 있는 한 최선을 다하자는 생각이 들었다. 하지만 코로나로 인해 학사 일정이 바뀌어 책을 쓰는 시간이 줄어들었고, 결국 뜻대로 되지 않았다. 그러나 포기는 배추 셀 때나 하는 말이다. 처음 하는 만큼 모든 것이 서툴겠지만 그럴수록 남들보다 노력하자는 마음가짐을 갖고 임하였다. 책쓰기 동아리 '쓰담쓰담'에 들어온 것을 후회하지 않는다. 나중에 다시 회상한다면 생각만 해도 기분 좋은 경험으로 가득찰 것만 같다. 짧은 인사를 덧붙인다. 나의 솜씨 없는 글을 읽어주신 사람들에게 감사하다.

　작년까지만 해도 코로나라는 존재가 큰 파장을 일으키리라는 상상도 못 했다. 물론, 모두 그랬을 것이다. 코로나는 많은 것을 변화시켰다. 우리 삶 속에서 코로나의 등장과 동시에 환경에 좋은 영향을 받고 악영향도 받는 것을 지켜보면서 평소에 생각해 왔던 것보다 더 깊게 환경을 생각하게 되었다. 이것이 코로나로 인한 나의 변화이다.

　이 글에서는 코로나로 인한 환경의 문제점과 변화를 다뤘지만, 지금, 이 순간에도 종식되지 않은 코로나와 싸우고 계시는 의료진분들께 감사한 마음을 전하며 책을 마친다.

작가
소개

이 동 아

2003. 05. 28.

외동으로 자라서 외로움을 많이 느꼈다.

그래서 어릴 때부터 사람들과 소통하는 것을 좋아했고

여러 사람의 삶의 모습에 대해 관심이 많았다.

그래서 뉴스도 많이 접해봤는데

우리 사회의 모습을 실시간으로 보게 되어서 재밌었다.

경제에 관련된 글도 좋아했고 지금도 그렇다.

요즘 내가 관심이 많은 분야인 우리나라의 사회 모습과

지역 경제에 대해서 글을 쓸 생각이다.

2020,
달라진 우리

WRITTEN/PHOTO BY 이동아

illustrated by 장유진

2020년이 되면서 바뀐 사람들의 모습, 어려워진 우리 경제에 대해 구체적으로
써보려고 한다. 2020년 전과 비교하며 지금 어떻게 달라진 생활을 하고 있는지
글로 담아보겠다.
코로나19의 여파로 안타까운 변화를 맞이한
우리의 모습을 글을 통해 말하고 싶다.

📷 마스크를 착용해 달라는 의미의 현수막이 거리에 걸려 있는 모습

2020년이 되고 나서 많은 일이 일어났다.

그중에서 우리에게 가장 큰 영향을 미친 것은 바로 코로나19다. 우리는 이 코로나 때문에 하고 싶은 것도, 이루고 싶은 것도, 원래 가지고 있던 것도 잃게 되었다. 심지어 누군가는 곁에 있는 소중한 사람도 잃게 되었다. 이러한 현실을 누구 탓으로 돌릴 수도 없다. 그래서 이 상황을 받아들여야만 했다. 우리만 이런 모습이 아니니까. 우리뿐만 아니라 전 세계의 사람들이 힘들어하고 있다.

나는 특히 코로나 상황에서 매일 외출할 때마다 마스크를 꼭 착용해야 한다는 것이 너무 답답하고 불편했다. 특히 사람들이 많이 모이는 대중교통을 이용할 때는 마스크 착용이 필수였다. 만약 착용하지 않으면 벌금을 내야 했으며 사람들의 따가운 눈총을 받았다. 나는 예전과 다른 우리의 모습이 전혀 적응되지 않았다. 주변 사람 얼굴조차 알아볼 수 없는 상황이 되어버렸다. 얼굴을 가리는 것이

버스에 마스크를 착용해 달라는 문구가 붙어 있는 모습

이렇게나 답답한지 몰랐다.

　지금 우리의 머리에는 온통 '이제 어떻게 생활하지?', '앞으로 잘 살 수 있을까?', '이제 무슨 일을 해야 할까?'라는 고민뿐이다. 아무리 고민을 해도 쉽게 답이 보이지 않는 이 상황이 너무 안타깝게 느껴진다. 특히 나는 학생이기 때문에 '대학 가기가 더 힘들어진 건 아닐까?' '대학에 가면 내가 원하는 대학 생활을 즐길 수 있을까?'라는 생각을 많이 했다.

　또, 사람들은 거의 대학교 1학년 때 가장 여행을 많이 간다. 그래서 사람들이 가장 부러워하는 시기는 대학교 1학년 때이다. 그때는 성인이 된 지 얼마 되지 않았을 때라 가장 설레고 행복하다고 사람들은 말한다. 또 그때 친구들과 추억을 가장 많이 쌓을 수 있다고 한다. 나도 대학교 1학년에 대한 환상이 있어서 기대하고 있었다. 하지만 지금 대학교 1학년들은 상황이 좀 달라졌다. 온라인 수업을 듣고, 친구들과 놀고 싶어도 어디 나갈 수 없는 상황이 되었다. 그래서 내가 대학생이 되었을 때도 자유롭게 여행을 갈 수 없는 상황이 되어 버릴까 봐 두렵다.

　언제 다시 해외로 여행을 갈 수 있겠냐는 생각을 많이 하게 되고 생각을 하면 할수록 이 상황이 너무 힘들고 답답하다. 한 번쯤은 다른 나라에 여행을 가보고 싶다는 생각을 누구나 했을 것이다. 그런데 지금 상황으로 봐서는 비행기가 전혀 오갈 수 없는 상황이다. 대부분의 나라가 입국을 막아버렸기 때문이다.

　내가 대학생이 되려면 아직 2년이라는 시간이 남았지만 예전에 나는 친구들과 나중에 우리가 대학생이 되면 국내 여행은 어디로 갈지, 또 해외여행은 어디로 갈지에 대해 질문을 하며 자신만의 계획을 세우기도 했었다. 하지만 지금은 이러한 질문은 오가지 않고 '시간이 많이 흘러서 세상이 잠잠해진다면 그때는 꼭 같이 여행을 가자'고 약속만 할 뿐이다.

집 바로 앞에 있는 슈퍼조차 편히 다녀올 수 없는 이 상황에서 당연히 등교는 할 수 없었다. 나는 집에서 온라인 수업을 들으며 공부를 해야 했고, 이 상황이 낯설었다. 계속 온라인으로 수업을 하니까 처음으로 학교에 가고 싶다는 생각이 들었다.

처음에는 사이트 자체에 오류가 자주 생겨서 선생님과 학생들이 수업 진행에 있어 모두 힘들어했다. 학생들과 선생님

온라인 수업에 참여하는 나의 모습

간의 의사소통도 잘 이루어지지 않았고, 또 친구들과 얼굴을 보며 깊은 대화를 나누고 싶어도 예전처럼 학교만 가면 볼 수 있는 얼굴들을 볼 수 없었다. 그래서 어쩔 수 없이 온라인으로 대화를 이어갔는데, 주로 언제 이 생활이 끝날까에 대한 질문을 서로 던진다. 나는 친구들의 얼굴이 그리워서라도 코로나가 끝나기만을 기다린다. 코로나가 끝나고 학교에 가면 나는 반가운 마음으로 친구들을 만나고 평소처럼 이야기하면서 학교생활을 즐기고 싶다.

달
고
나
커
피

유행이 된 달고나 커피 만들기

나는 집에서만 있어야 하는 이 상황이 너무 답답했다. 그래서 집에서 재미있게 할 수 있는 일이 뭐가 있을지 생각해보고 인터넷 검색을 해서 많은 아이디어를 얻었다.

홈 트레이닝, 달고나 커피 만들기 등 여러 가지를 시도해 봤다. 그중에서 달고나 커피를 만들 때가 가장 좋았다. 평소에 커피를 즐겨 마시는데 새로운 커피를 직접 만들어 보니 새로웠다. 코로나 때문에 사람들은 밖으로 나가지 못해 집에서 할 수 있는 것을 찾고 도전해 보는데 그중 달고나 커피 만들기가 가장 인기가 있었다. 많은 사람들이 달고나 커피를 만들고 사진이나 만드는 과정을 동영상으로 찍어 SNS에 올리며 더욱더 관심을 이끌었다. 물론 공부도 열심히 해야겠지만 잠깐 휴식 시간을 가질 때 무언가를 만들어 보는 것도 나쁘지 않은 것 같다.

그래서 나도 집에서 달고나 커피를 만들어 봤다. 만드는 과정은 크게 복잡하진 않았지만, 시간이 생각보다 오래 걸렸고 팔이 조금 아팠다. 그런데 맛은 내 예상과 달리 맛있어서 만족스러웠다. 기회가 된다면 다음에도 한 번 더 만들어 보고 싶다.

　내가 사는 동네는 각종 편의시설과 학원, 음식점 등이 많아서 낮에는 물론 밤에도 밝았다. 그래서 늦은 시간에 외출할 때도 위험하다는 생각이 전혀 들지 않았고 항상 밝은 우리 동네가 좋았다. 하지만 이제 그 불빛들은 모두 사라져 버렸다. 코로나바이러스가 우리에게 오면서부터 대부분의 편의시설이며 가게까지 문을 닫기 시작했다.

　한순간에 이런 상황이 벌어져서 당황스럽기만 했다. 문제는 자영업을 하시는 분들이었다. 갑작스럽게 손님의 발걸음이 끊겨버려서 수입이 예전 같지 않았다. 그래서 어쩔 수 없이 문을 닫는 경우가 많았다. 이 때문에 그분들의 머릿속에는 고민이 수없이 많을 것이다. 학생인 나도 그분들의 모습에 가슴이 답답하고 사장님들의 생계가 걱정됐다.

　이를 해결하기 위해 정부에서는 재난지원금을 제공한다고 했다. 그런데 많은 반발이 일어났다. 형편이 좋지 않은 사람들에게 재난지원금을 제공하는 것은 당연히 옳은 것이지만 이 돈은 국민이 내는 세금으로 다 부담을 해야 해서 세금을 더 많이 내야 한다는 반발이 생겨났다. 또 정부는 선별기준을 정하여 재난지원금을 제공했는데, 이 선별기준에 동의하지 않는 사람들이 많아서 논란이 지속되고 있다.

나는 이러한 긴급 상황일수록 힘들고 어려운 사람들을 집중적으로 도와야 한다고 생각한다. 그런데 사람들이 말한 것처럼 이 돈은 어디에서 꾸준히 나오는 것이 아니라 우리 국민이 다 부담해야 하므로 부담을 느낄 수밖에 없다. 만약에 지금 내가 성인이 되어 직접 돈을 벌고 그 돈으로 세금을 내고 있다면 이 세금으로 어려운 사람들을 도울 수 있어서 보람을 느끼겠지만 한편으로는 세금을 예전보다 더 많이 내야 한다는 부담감도 상당히 클 것 같다.

우리는 지금까지도 재난지원금을 지급하는 것에 대한 반발이 많고 재난지원금에 대한 문제가 해결되지 않고 있다. 모든 사람들의 생각이 다 다르겠지만 나는 모두 한 마음으로 입장 바꿔 생각하며 지금 이슈가 되고있는 재난지원금에 대한 문제가 사라졌으면 좋겠다. 또, 이러한 문제들이 다 잠잠해져서 평화로운 일상을 즐겼으면 좋겠다.

📷 큰 건물에 있던 작은 가게들이 모두 문을 닫은 상황

Epilogue

 갑자스럽게 우리에게 온 코로나바이러스 때문에 많은 변화가 의도치 않게 생겼고 그로 인해 여러모로 불편함이 많이 생겼다. 그래서 나는 현재 우리의 모습에 대한 나만의 생각을 글로 담아보고 싶었다. 우리가 어떻게 생활하고 있는지에 대해서 자세하게 기록했다.

 나는 이 글을 쓰면서 우리가 힘들게 살고 있다는 것을 한 번 더 느꼈고, 예전보다 사회가 너무 달라졌다는 느낌을 받았다. 또, 이 글을 쓰기 위해 이슈가 되는 사건들을 조사하면서 내가 몰랐던 사실을 많이 알게 되었고 많은 것을 깨닫는 계기가 되어(나 스스로 한 발짝 더 나아간 것 같아) 보람을 느꼈다.

이 진 영

2003. 01. 22.

2019년 시지고 입학 후

처음으로 새로운 것에 도전하며

해보고 싶은 것이 생겼다.

이제는 다양한 일에

열정 가득하게

도전해보기로 다짐한 사람.

Who is WHO?

WRITTEN/PHOTO BY 이진영

📷 차를 타고 이동하다 문뜩 바라본 창밖의 풍경. 활짝 핀 벚꽃 나무, 노을, 그리고 산의
조화로운 모습이 2020년의 상황과는 전혀 다르게 너무나 평화로웠다.
당시 여러 상황에 지친 나를 조금이나마 위로해 주었던 풍경이다.

Prologue

2020년, 상상하지 못했던 일들이 연속해서 일어난 해라는 점을 다들 공감하지
않을까? 코로나19 바이러스는 우리의 일상생활에 기척도 없이 침범했고,
이로 인해 다양한 사회문제가 발생했다. 여전히 전 세계는 혼란 속에 빠져 있다.
코로나19 바이러스로 인해 작년보다 집에서 보내는 시간이 훨씬 더 많이 늘었다.
홀로 집에서 시간을 보내며 내가 걸어온 길을 되짚어 보고 앞으로 나아갈 방향에
대한 고민의 시간을 갖기도 했다. 또, 코로나로 인해 발생하고 악화된 사회문제에
관심을 가지고 문제 해결을 위해서 어떻게 해야 할지 고민을 해보기도 했다.
이제 내가 생각한 점에 관한 이야기를 함께 나누려고 한다.

전지적 코로나 시점

어느날, 갑자기

분명 나와는 상관없는 일이라고 생각했다.

뉴스 기사를 보는 것으로 하루를 시작하는 내가 작년, 2019년 겨울 중국에서 신종 바이러스가 발생했다는 소식을 접했을 때도 나와 전혀 관련 없는 일이라고 생각했다. 비슷한 시기에 부모님께서는 나에게 겨울 방학에 중국으로 여행을 가자고 말씀하셨다. 아마 모든 사람이 나와 비슷한 말을 했을 것이다. "뉴스 못 보셨어요? 여행은 좋은데 시기가 좀 아닌 것 같아." 그 말을 할 때까지만 해도 중국으로 여행 가지 않는 이상 '코로나19 바이러스'라는 존재가 내 인생에 이렇게까지 막대한 영향을 미칠 것이라고는 생각하지도 못했다. 막연하게 다른 나라의 일이라고만 생각한 것이다.

1월 말 우한에서 인천공항으로 입국한 중국인 여성을 시작으로 국내에서도 확진자가 발생했다. 한 명, 두 명, 세 명 계속해서 확진자가 발생하긴 하였지만 많은 수가 아니었기 때문에 '저러다 말겠지.' 생각하며 큰 위협을 느끼지 않고 일상생활을 계속했다.

평소와 다름없는 아침, 알람 소리에 일어나 침대 옆에 놓인 휴대전화를 들어 인터넷에 접속한 뒤 포털 사이트에 뜬 기사를 눌렀다. 아직 졸음이 완전히 가시지 않고 비몽사몽인 채로 있던 내 두 눈을 번쩍 뜨게 만든 기사였다. 내가 사는 대구에서 확진자가 발생했다는 것이었다. 내 인생과는 관련 없다고 생각한 바이러스가 처음으로 두려운 존재로 다가온 날이었다. 이날 2월 18일을 시작으로 대구·경북 지역 곳곳에서 수십 명의 사람이 신규 감염되었고 이것을 시작으로 이전에는 상상해 보지도 못했던 규모로 커졌다. 뉴스에서도 하루도 빠짐없이 계속해서 코로나 관련 소식을 속보로 보도하였다.

이때부터 코로나가 우리의 삶을 180도 바꾸어 놓지 않았나 싶다. 마스크가 모두의 외출 필수품이 되었고 우리는 그 필수품을 구하려고 온갖 애를 썼다. 어머니는 재택근무를 하셨고 대학생인 언니도 학교가 있는 부산으로 가지 못하고 대구에 남아 사이버 강의를 들었다. 고등학생인 나는 학원에 가지 못했던 것은 물론이고 얼마 남지 않았던 학교 개학까지도 3주나 연기되었다. 이후로도 이어지는 집단 감염 때문에 6월이 다 되어서야 등교를 할 수 있었다.

코로나 상황을 겪으며, 평범했던 일상들이 너무나 소중하다는 것을 깨달았다. 작년에는 그토록 하기 싫었던 보충학습, 야자, 심자 시간과 자습실에서 열심히 공부하면서도 쉬는 시간 친구들과 웃고 응원하며 보냈던 시간이 너무나 그리웠다.

📷 그리운 나의 자습실 책상(왼쪽), 야자 시작 전 찍었던 학교 밖 풍경(오른쪽)

아시아를 넘어 전 세계로

　우리의 삶을 180도 바꾸어 놓은 코로나19 바이러스는 아시아 대륙에만 머무르지 않고 급속도로 전 세계 곳곳으로 퍼졌다. 이탈리아를 시작으로 유럽에서는 수만 명의 확진자가 발생하였다는 뉴스도 들었다. 이후 국가 간 자유로운 통행이 가능했던 유럽 내에서도 국경을 오고 가는 행동은 잠시 제한되었다. 사우디아라비아에도 많은 확진자가 발생하자, 매년 250만 명의 무슬림이 성지순례를 위하여 메카에 방문하는 것도 제한되어 약 1,000명 정도의 규모로 행사가 축소되어 진행되었다는 뉴스 영상도 시청하였다. 우리나라를 비롯한 동아시아 지역을 벗어나 유럽, 중동 등에 위치한 나라도 수십 년 동안 행하던 것을 금지하고 축소했다는 사실이 나에게는 또 한 번 큰 충격으로 다가오며 바이러스의 위험이 피부로 와닿았다. 이렇게 많은 곳에 변화를 가져온 바이러스가 언제쯤 사라져 이전의 생활로 돌아올 수 있을지 생각이 들며 걷잡을 수도 없이 미래에 대한 걱정이 쌓여갔다.

　바이러스의 존재를 확인한 후 수개월이 지났지만, 여전히 상황은 진정될 기미가 보이지 않았고 각국에서는 적게는 수십 명 많게는 수만 명까지에 이르는 사람들이 매일 신규 확진되고 있다. '이제 다시 원래의 일상으로 돌아갈 수 있을까?'라는 생각이 들면, 또다시 대규모 집단 감염이 발생하는 상황이 여러 차례 반복되며 코로나는 삶을 지치고 힘들게 만들고 있다. 이 바이러스가 우리 삶 속에서 완전히 사라지기까지 모두가 힘들고 고통스럽게 아주 오랜 시간을 보내야 함은 틀림없다.

전 세계로 퍼진 이 바이러스는 국제 사회와 세계 경제를 크게 흔들어 놓았다. 많은 국가의 경제성장률이 마이너스일 것이라고 경제 전문가들은 예상한다. 우리나라도 예외가 아니다. 코로나바이러스에 의한 고용 한파로 국내에서는 21년 만에 실업자가 역대 최고치로 치솟기도 하였다. 코로나로 인해 많은 이들은 경제적 어려움을 겪고 있다. 그중에서 가장 어려운 시간을 보낸 이들은 바로 자영업자들이라고 생각한다. 사람들의 소비가 곧바로 이익을 좌우하기 때문에 외출이 줄고 이에 따라 자연스럽게 소비가 급감하였던 동안 자영업자들은 어쩔 수 없이 부업을 찾는 등 생계를 이어나가기 위해 노력하였다.

이렇게 전 세계인의 건강을 위협하고 세계의 경제를 혼란에 빠뜨리고, 생활 모습을 크게 뒤바꿀 만큼 위험한 바이러스가 퍼지는 것을 막기 위해 한 집단의 구성원, 개인으로서는 예방 수칙을 준수하는 것이 최선이라고 생각한다. 이러한 수칙이 세워지기 위해 가장 먼저 이루어져야만 하는 것은 바로 정부나 기관의 현 상황 파악이다. 우선 상황이 제대로 파악되어야만 이후의 대책도 세울 수 있는 법이니까.

그렇다면 코로나19 바이러스 확산 속 세계 보건·위생 분야의 컨트롤 타워인 WHO가 그 역할을 제대로 수행하였다고 할 수 있을까? 아직 코로나19 바이러스 전파가 멈추지 않고 우리의 건강을 위협하기 때문에 WHO의 상황 대처 능력이 정말 뛰어났다, 아니다를 논하기는 이르다고 생각한다. 하지만 이런 바이러스 전파가 전 세계인을 위협하는 어려운 상황 속에서 WHO의 수장인 사무총장의 다른 국가를 옹호하는 식의 편향된 발언은 적절하지 않다는 생각이 든다.

코로나 이전에도 'WHO'라는 기관이 존재하고 어떠한 일을 하는지 대략은 알고 있었지만 나와 직접적인 관련이 없다고 생각했기 때문에 왜 설립되었고 구체적으로 무슨 일을 하는지 등에는 크게 관심을 두지 않았다. 아마 의학 혹은 국제기구에 많은 관심이 있는 사람이 아니라면 나와 비슷하지 않을까 예상한다. 하지만 세계적 유행병인 코로나19 바이러스 상황을 겪으며 WHO와 같은 국제기구의 역할이 얼마나 중요한지 깨달았고, 과연 지금 WHO는 적절한 행보를 걷고 있는지 생각해 보았다.

가장 먼저 WHO라는 기관이 왜 설립되었고, 무슨 일을 하고, 어떻게 운영되는지 등을 알아 보았다. 모두가 아는 포털 사이트에 검색하면, WHO를 한 줄로 요약한 문장이 화면 제일 위에 나타난다. '세계보건기구(World Health Organization. WHO) 보건·위생 분야의 국제적인 협력을 위하여 설립한 UN 전문기구'

WHO는 세계 인류가 신체적·정신적으로 최고의 건강 수준에 도달하는 것을 목적으로 설립되었고, 중앙검역소 업무와 연구 자료 제공, 유행성 질병 및 전염병 대책 후원, 회원국의 공중보건 관련 행정 강화와 확장 지원 등의 일을 맡아 본다고 한다.

정리해 보면, WHO는 전 세계인의 보건과 위생을 위해 존재하는 국제기구이다. 여기서 국제기구의 사전적 의미는 '어떤 국제적인 목적이나 활동을 위해 두 나라 이상의 회원국으로 구성된 조직체'이다. 국제기구는 '국가들 사이의 이해관계 및 국가 간 분쟁을 중재'하는 역할을 맡는다. 이런 역할을 맡는 국제기구 WHO 사무총장이 공식적인 장소에서 한 발언은 그 의도가 무엇이었든지 간에 WHO는 국제기구로서 그만큼 국제적으로 큰 영향력을 행사할 수 있기에, 'WHO를 정의 내리는 말의 무게만큼, 그보다 더 조심스러워야 하지 않을까'라는 생각이 들었다.

사무총장은 중국이 중국 내에서의 코로나19 확산을 효과적으로 막아냈다며 중국의 바이러스 전파 대처를 칭찬하였다. 또한, 3월 2일, 사무총장은 한국, 이탈리아, 이란, 그리고 일본이 우려되는 국가라 말했지만, 다음 날 일본은 우려 대상에서 빠진 채 브리핑이 진행되었다. WHO는 다이아몬드 프린세스 호에서 발생한 확진자 수를 일본에 포함하였지만, 일본이 이에 대한 문제를 제기하자 배에서 발생한 수는 제외한 채로 통계자료를 낸 것이다. 다음날 WHO는 일본이 지원금 1천만 달러를 냈음을 밝혔다. 일본의 문제 제기를 받아들인 것인지 아니면 지원금이 큰 역할을 한 것인지 정확히 알 수 없지만 이런 WHO의 행동을 옳다고 할 수 있을까?

뉴스를 통해 위의 과정을 지켜보며 계속하여 한 가지 생각이 머릿속에서 떠나지 않았다. 사람의 생존이 달린 문제에 정치가 개입돼서는 안 된다는 생각이었다. 재난 상황에 정치적 요소가 개입되면, 상황은 갈등 속으로 빠져들고 이것은 사람의 생존을 위협하는 문제로 이어지기 마련이다. 따라서 이러한 상황이 발생하지 않도록 신중에 신중을 더하여도 부족하지 않다고 생각하였다. 또한, 올바른 리더의 모습은 도덕적으로 완벽한 리더와 집단의 성공적인 결과를 이끄는 리더 중 어떤 것인지 고민해 봤다. 때에 따라 그리고 집단의 성격에 따라 다를 것이다. 하지만 오직 성공이라는 목표를 향해 나아가는 리더보다는 구성원의 역량을 파악하여 스스로 발전할 수 있게 돕는 리더가 참된 리더인 것 같다.

국제기구인 WHO는 아주 넓은 범위를 수용하기 때문에 WHO라는 기관이 옳은 정책을 시행하여 올바른 방향으로 가고 있는지 지켜보고 판단하는 집단의 역할이 매우 중요하다. 생각보다 옆에서 나아가는 모습을 지켜보고 조언해 주는 역할의 영향은 대단하다. 지금도 WHO는 정기적으로 외부 이해 관계자의 인식과 피드백을 공유받아 자체적으로 성장하고 개선하려고 하고 있지만, 세계인의 건강을 책임지는 곳인 만큼 더 빠르고 적극적으로 피드백을 받아 문제점은 보완하고 강점은 강화해야 할 필요가 있다고 생각한다.

정답을 알면 문제가 한순간에 해결되겠지만 많은 일은 독립적으로 존재하지 않고 얽히고 설킨 이해관계 속에서 나타나기 때문에 그 정답을 찾는 일은 쉽지 않다. 몇 년이 걸릴 수도, 수십 년이 걸릴 수도 어쩌면 수 세기가 걸릴 수도 있다. 그렇기에 정답을 찾으려고 애를 쓰며 시간을 허무하게 보내기보다, 지금 당장 할 수 있는 것을 하는 것이 옳다고 생각한다. 그리고 그중에서 가장 중요한 것은 '처음 그대로'라고 생각한다. 가장 핵심이지만 가장 지키기 어려운. 그렇기에 가장 중요한 것. WHO를 포함한 모든 기관, 그리고 모든 사람이 함께 각자의 첫 마음가짐은 어떠했는지, 고민하고 생각하며 이 시기를 슬기롭게 극복해 원래의 평화로운 일상을 하루빨리 되찾을 수 있으면 좋겠다.

나는 매년 혹은 새로운 학기를 맞을 때마다 그전보다 더 발전하고 성장하기 위해 새로운 목표를 세운다. 그리고 목표를 성취할 방법을 고안해내고 계획을 세운다. 반년이 훌쩍 지나고 돌이켜보니 계획을 반 넘게 지키지 못하였다. 아마 나와 비슷한 경험을 겪은 사람은 셀 수 없이 많을 것이다. 모두 처음에는 열정에 불타올라 지치지 않고 무엇이든지 해낼 수 있다고 다짐하지만 끝까지 처음 마음 가짐을 지키는 사람은 몇 되지 않는다. 우리는 모두 어떻게 하면 원하는 바를 이룰 수 있는지 안다. 다만 살아가면서 만난 외부환경이나 생각의 변화가 우리의 처음 마음을 바꿔 놓기 때문에 쉽지 않을 뿐이다.

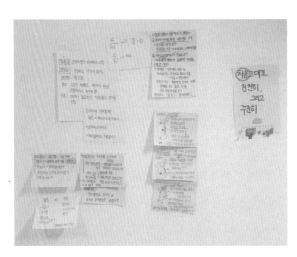

처음 마음을 간직하기 위해 책상 앞에 붙인 포스트잇

하지만 초심을 지킬 방법이 있다. 바로 주위의 도움이다. 주위 사람의 조언이거나 속해 있는 단체의 규정 등 무엇이 되어도 상관없다. 나는 '열정 가득한 삶을 살자!'라는 첫 마음을 잃지 않기 위해 학교 활동에 다양하게 참여하고 부모님과 친구들로부터의 조언과 응원의 말을 들으며 초심을 잃지 않으려고 노력했다. 그렇지만 이런 말들을 주위에서 들어도 초심을 유지할 수 없다. 그래서 의지에 불씨를 던져주기 위해 책상 앞, 잘 보이는 곳에 좌우명인 '처음 그대로, 천천히 그리고 꾸준히'라는 문구를 써서 붙였다. 작은 포스트잇에 적힌 문구는 내게 생각보다 더 큰 영향을 줬다. 포기하고 싶을 때, 책상 앞에 붙여진 포스트잇을 보는 순간 문구를 쓸 때의 마음가짐이 떠오르며 한 번 더 도전하게 되었으니 말이다.

Epilogue

📷 코로나19가 사라질 때까지 천천히 각자의 자리에서….

모두가 방황하고 당황스럽고 어려운 시기임이 분명하다. 현재 우리는 한 번도 가보지 못한 길을 걷고 있다. 그 길을 걸으며 다양한 사회문제에 더 관심이 생겼다. 그러면서 현재 가장 중요한 역할을 맡는 세계보건기구에도 눈길이 갔다. WHO라는 기관을 알아가고 코로나19 상황 속 WHO의 모습을 보며 들었던 막연한 생각을 글로 쓰며 정리할 수 있었던 좋은 기회였다.

이 상황 속, 상대방을 비난하고 멸시하기보다 그 어느 때보다도 서로를 생각하고 배려하며, 잘못된 행동은 고칠 수 있게 비난 대신 충고해주며, 물리적인 거리는 멀어지더라도, 마음 간의 거리는 그전보다 더 가깝게 유지하기 위해 노력해야 한다. 하루빨리 이 상황을 모두가 슬기롭게 헤쳐나가 평화로운 일상을 되찾을 수 있기를 바란다.

Q4

코로나가
꿈을 바꾸었나요?

김효정

2003. 11. 16.

여행하는 것과

사진 찍는 것,

음식을 요리해서 먹어보는 것을 좋아하고

혼자 해보고 싶은 것이 많은

대구에서 태어나고 자란

한 여고생이다.

MOMENTS

WRITTEN/PHOTO BY 김효정

📷 여행지에서 나를 사로잡은 식당

Prologue

어렸을 때부터 부모님과 함께 여행을 자주 다녀서 인지 여행을 좋아하게 되었다.
다양하고 맛있는 음식을 먹는 것 또한 좋아했기에 자연스럽게 음식에도 관심을
가지게 되었다. 그래서 항상 여행을 가면 환상적인 풍경을 찍는 것에도 관심이
있었지만, 그보다 맛있는 음식을 맛볼 수 있는 식당을 가는 것에 더 큰 관심을
가졌다. "우리나라만 해도 다양하고 맛있는 음식들이 이렇게나 많이 있는데,
외국은 또 어떤 무궁무진한 음식들이 있을까?" 하며 매번 여행을 가기 전부터
들뜬 마음으로 유명한 식당들을 찾아보곤 하였다.

그런데 한동안 코로나 때문에 여행을 가지 못하게 되면서 여러 식당을 갈 수가 없게 되었다. 그래서 인터넷으로 다양한 음식들의 레시피를 찾아보기도 하고 요리책들을 보기도 하며 지냈다. 비교적 예전보다 집에서 지낼 수 있는 시간이 생기게 된 이후 이 기회를 활용해 예전부터 만들고 싶었던 요리와 새로운 요리를 찾아보며 직접 이 요리들을 만들어 보게 되었다. 전에는 요리에 관심은 있었지만, 항상 바쁘다는 핑계로 먹기만 했는데, 이 기간 동안 요리를 해봄으로써 색다른 것들을 체험해볼 수 있었다. 또한 매일 엄마가 음식을 차려주시는 것에 대한 감사함도 배가 되었고, 다 만든 요리를 먹고 정리까지 해보면서 자립성도 기를 수 있었다. 이런 면에서는 코로나가 나에게, 그리고 사람들에게 무작정 많은 고난과 시련만 가져다준 것은 아닌 것 같다.

나는 지금부터 코로나가 일어난 이후, 나의 일상의 한 부분이 된 음식에 관한 이야기와 평소 내가 생각하는 음식에 관한 이야기들을 풀어나가려 한다. 여러분만의 음식과 관련된 기억이 있거나 없더라도 글을 읽어 내려가면서 "나에겐 과연 음식이란 무엇일까?" 하는 생각에 잠겨볼 수 있는 시간이 되었으면 좋겠다.

📷 처음 먹어본 상큼한 맛의 디저트

첫
번
째
요
리

　어느 날 좋아하는 유튜버가 썬 드라이 토마토 파스타를 만들어 먹는 영상을 보고 나도 한번 먹어보고 싶다는 생각이 들어 만들어 보았다. 썬 드라이 토마토는 일반 마트에선 잘 팔지 않아, 온라인으로 주문을 해야 했다. 우리나라는 배달 시스템과 온라인 앱들이 잘 되어있어서 코로나 상황에도 불구하고 마트에서 물건을 사재기하는 일은 거의 없었던 것 같다. 이렇게 집에서 편하게 물건을 살 수 있다는 것이 새삼 다행이라는 생각이 들었다.

📷 실패해서 대충 담았던 파스타

그리고 대망의 파스타를 만드는 날, 레시피를 참고해가며 파스타 면을 끓이고 그 물에 소금 간을 해 면수도 만들었다. 다른 프라이팬에는 페퍼론치노와 편마늘 그리고 썬 드라이 토마토를 올리브유에 볶아주었다. 하지만 얼추 다 만들었을 때쯤 맛을 보기 위해 한입 먹어보았는데 내 노력이 무색하게도 생각과 달리 맛이 없어 큰 충격에 빠졌다. 요리를 어떻게든 살려보기 위해서 순후추를 넣었는데 하필 너무 많이 들어간 탓에 짠맛이 아닌 후추 특유의 향과 맛이 음식을 감싸버렸다.

그렇게 다 만들고 난 후 실패하게 된 이유에 대해 생각해 보았다. 일단 면수를 충분히 넣지 못했고, 면수에 소금 간을 더 하고 후추 간을 덜 해야 했는데 그렇게 하지 못해 맛이 없었던 것이었다. 기대와 다르게 망쳐버린 파스타였지만 코로나가 일어난 후, 집에 있으면서 무언가를 만들어 먹어보려고 시도해본 첫 번째 음식이었기에 오랫동안 기억에 남을 것 같다.

그리운 식당

📷 좋아하는 일식집의 초밥

　휴대폰 속 사진첩을 둘러보다가 이 초밥 사진을 발견했다. 사실 몇 년 전까지만 해도 초밥을 좋아하지 않았다. 날 것 그대로의 생선을 밥 위에 얹어 먹는 게 익숙하지 않았기 때문이었다. 하지만, 지금은 초밥을 무척이나 좋아한다. 간이 적절히 되어있는 밥 위에 코를 짜릿하게 만들어주는 고추냉이를 조금 얹고, 그 위에 잘 뜬 생선회를 얹어준 후 간장에 찍어 먹으면 그야말로 입안에서 폭죽이 터지는 듯하다. 이런 맛에 매료된 나는 시내에 있는 좋아하는 초밥집에 자주 가서 초밥을 먹곤 하는데, 코로나가 발생하면서 한 번도 가지 못했다. 세균이 도사리고 있는 곳을 거쳐 가면서까지 먹을 용기는 있지 않았고, 더군다나 서로가 조심해야 하는 상황이었기 때문이다. 그래서 초밥을 너무 먹고 싶을 땐 배달 주문을 해서 먹었다. 사실 코로나가 일어나기 전에는 초밥을 집으로 배달해서 먹어본 적이 단 한 번도 없었다. 그런데 코로나가 일어나고 난 이후론 일상처럼 거의 모든 음식을 클릭 몇 번만으로 집에서 먹게 되었다. 배달해서 먹음으로써 얻는 편리함은 있지만, 식당에서 먹는 것이 조금씩 그리워진다. 직접 가서 먹는 것은 그곳의 음식뿐만 아니라 식당이 가지고 있는 분위기와 특별함까지도 느낄 수 있기 때문이다. 어서 빨리 마스크를 벗고 마주 앉아 사람들과 웃으며 밥을 먹을 수 있는 날이 오면 좋겠다.

📷 내가 만든 로제 리소토

첫입에 반한 음식, 리소토

내 인생 첫 번째 리소토는 파스타 집에서 맛보았던 간장 베이스의 고기와 채소가 어우러진 차돌박이 리소토이다. 꾸덕꾸덕한 치즈가 버무려져 있어서 정말 맛있었던 기억이 있다. 본격적으로 코로나가 확산되기 시작한 2월 이후부터 최대한 외식을 자제하려 했음에도 불구하고, 결국 그 맛을 잊지 못해 파스타 집에 다시 방문해서 리소토를 먹을 정도였다. 그렇지만 음식의 가격이 저렴한 편이 아닌 탓에 자주 사 먹기엔 부담이 됐다. 코로나로 집에 있는 시간이 충분히 생기게 되면서 문득 리소토를 내가 직접 만들어 보면 어떨까? 라는 생각이 들었고 인터넷에서 레시피를 찾아보게 되었다. 그렇게 토마토 소스로 간단하게 만들 수 있는 로제 리소토를 발견했고 재료들을 구입해 만들기 시작했다. 레시피를 참고해서 만들고 나니 내가 생각했던 것과는 다르게 너무나도 만들기가 쉬웠다. 물론 내가 찾아본 레시피가 원조 리소토 방식과는 차이가 있을 수 있어서 그랬겠지만, 식감이나 느낌은 충분히 리소토와 비슷했다. 만들기 전에는 많은 재료가 필요할 것 같고 하기 힘들 것 같다는 생각뿐이었는데, 막상 만들어 보고 나니 '새롭게 도전해보길 잘했다'라는 생각과 동시에 자신감도 생겼다. 좋아하는 음식을 집에서 손쉽게 만든 것도 행복했는데 가족들이 맛있게 먹어주고, 음식도 성공적으로 만들어져서 너무나도 행복했던 날이었다.

숲 속 의 버 터

유독 요즘 들어서 먹어보지 못했던 다른 나라 음식을 만들어 보고 싶어졌다. 아마 매일 등교를 해야 했던 평소의 일상보단 격주로 등교할 때가 더 여유가 생겨서 그런 것 같다. 그래서

'숲속의 버터'라고 불리는 아보카도를 이용한 과카몰레를 만들어 보기로 했다. 아보카도로 만든 과카몰레의 맛이 궁금하기도 했고 아보카도가 건강에 좋은 과일이라서 만들어서 먹어보면 좋을 것 같았기 때문이다.

레몬즙과 함께 온라인에서 주문하고 나서 받아본 아보카도는 후숙이 덜 된 상태였다. 그래서 며칠 더 기다린 후 후숙이 다 되었다는 판단이 섰을 때, 인생 처음 아보카도를 잘라보았다. 칼로 아보카도의 씨를 중심으로 한 바퀴 스윽-쓱 하며 칼집을 내고 나서 손으로 아보카도를 비틀었다. 비틀고 나서 씨를 제거하기 위해 아보카도 과육을 만져보았을 때의 느낌은 정말 버터와 비슷한 느낌이었다.

다른 과일과 달리 특이하게 지방을 함유하고 있다고 해서 '숲속의 버터'라고 불린다고 하는데, 촉감이나 맛 또한 버터와 비슷해서 여러 방면의 이유로 불리는 것 같다. 씨를 제거한 후 껍질을 벗겨내고, 벗긴 아보카도는 으깬 다음 잠시 옆에 두었다. 그동안 과카몰레에 들어가는 양파는 매운맛을 없애기 위해 적양파나 양파를 잘게 썰어 물에 담가놓아야 한다. 그런데 나는 그 사실을 잊고 있었던 터라 결국은 양파의 매운맛이 과카몰레를 망친 주범이 되어버렸다. 과카몰레는 나초와 함께 먹기도 하고 빵과도 먹는다고 한다고 해서 나초와 같이 먹어보았는데 완성된 과카몰레에 들어있는 양파의 매운맛 때문에 먹기가 힘들었다.

그래서 결국 남은 과카몰레는 달걀, 치즈, 케첩과 함께 샌드위치를 만들어 먹었다. 그랬더니 치즈와 달걀의 고소함과 느끼함이 양파의 매운맛을 잡아주었고 새콤한 맛과 음식의 간은 케첩이 맞춰주어서 생각보다 맛있게 잘 먹을 수 있었다. 샌드위치는 인터넷을 찾아보지 않고 그냥 집에 있는 재료를 이용해 만들었음에도 성공적이었기에 특별하진 않지만, 나만의 소중한 레시피가 되었다.

이렇게 실패했던 과카몰레의 맛을 보완해줄 재료들을 사용해 조합해 만들었던 것이 맛을 반전시켰듯이, 지금 내가 겪고 있는 코로나 상황도 생활 패턴이 무너지고 외출 시 지켜야 하는 것들도 많아지는 등 힘듦이 있지만 전략을 잘 세운다면 극복할 수 있을 거라는 생각이 든다.

📷 과카몰레를 넣어 만든 샌드위치

먹는 것도 큰 행복이지만 나에게 음식은 그저 먹고 마시고 취하는 것에서 그치는 게 아닌 다른 나라의 문화와 역사를 알 수 있게 해주고, 영양소를 통해 우리 몸에 대해서도 더 잘 알 수 있게 하는 하나의 도구이다. 그래서 평소 요리와 음식과 관련된 책이나 방송 프로그램을 눈여겨보는 편인데 기억에 남는 요리 관련 TV 프로그램이 있냐고 누군가가 물어본다면 '한식○첩-고○외전'이라고 답할 것이다. 이 방송은 심심해서 시청할 방송 프로그램을 찾아보다 시청하게 된 프로그램인데 간략하게 내용을 설명하자면 각 지역의 고수분들이 다른 나라에서 온 유명 셰프들과 함께 짝을 지어 팀끼리 대결하는 내용이다. 대결마다 주제가 달라서 새로웠고 한식에 문외한인 외국 셰프들이 한식에 대해 공부해 와서 대결을 펼치는 것이 흥미로웠다. 그래서 방송을 다 보고 나서도 출연한 셰프들 자신의 레스토랑에서 판매하는 음식이나 만든 음식을 올린 사진들을 구경하곤 했는데 각자 자신의 자리에서 꾸준히 새로운 것을 연구하며 요리하는 것이 멋있었다. 그런 것들을 보고 나도 진로와 꿈에 대해 좀 더 생각해 볼 수 있었다. 팀별로 한식이라는 큰 틀 안에서 매 주제에 맞는 요리를 하는 것을 보며 몰랐던 한식들과, 그 음식들이 어떤 음식과 어울리는지도 알게 되면서 나중에 나도 꼭 한식 고유의 특징은 살리면서 한식의 세계화를 위해 힘쓰며 연구하고 싶어졌다.

📷 어렸을 때부터 과일같은 음식에 관심을 가지는 모습

📷 열두 살 때 학교에서 그려본
나의 미래 모습과 꿈

　　어렸을 땐 막연히 요리사가 꿈이었고 요리 분야를 가고 싶다고만 생각했다. 조금은 광범위했던 나의 진로도, 자라면서 더 명확해졌다. 이렇게 외식, 음식이라는 것에 대한 무의식중의 관심이 어느 순간부터 의식 중의 관심거리가 되었던 것 같다. 그저 관심 있는 분야를 진로로 잡았을 뿐이었는데 그쪽으로 가기 위해서 더 알아야 한다고 생각을 하니 조금 힘이 들었고 그러다 보니 예전엔 가깝게 느껴졌던 요리에 관한 것들이 멀게만 느껴졌다. 마치 일부러 기억하지 않으려 해도 기억나는 것이 있는 반면에, 기억해야 하는 시험공부 내용 같은 경우는 외워도 잘 외워지지 않는 것처럼 말이다. 그래서 앞으로 진로를 위해 억지로 음식에 대한 관심을 가지기보단 내가 정말 궁금할 때 생기는 관심으로 음식이라는 분야에 더 다가가고 싶다.

외국인 셰프들이 올리는 음식 사진을 SNS에서 자주 보곤 하는데 볼 때마다 다양하고 특별한 플레이팅에 반한다. 같은 재료라도 우리나라와 다르게 사용하는 것을 보는 것도 꽤 재미가 있다. 헷갈리거나 처음 보는 요리를 보면 검색해 보면서 그 음식의 유래를 알게 될 때도 있는데 그러면서 상식의 폭도 넓어지게 되었다.

해외여행을 하면서도 마찬가지였다. 내가 해외여행을 좋아하는 이유 중 한 가지가 책과 TV에서만 보던 요리들이나 이색 음식들을 직접 맛볼 수 있기 때문이다. 그러면서 자연스레 그곳의 문화도 알게 됐다. 지금까지는 항상 부모님과 함께 여행을 다녔지만, 성인이 되면 언젠가 부모님 없이 혼자 여행을 떠나서 다양한 음식을 경험해보며 더 알아가고 싶다.

Epilogue

어렸을 때 일기를 쓰면 '글이 두서가 없다'라는 말을 들어왔고, 이렇게 길게 글을 써보는 것도 처음이라 글을 써 내려가면서도 '잘 쓰고 있는 것이 맞을까?'라는 생각에 힘이 들었다. 또 어떤 내용으로 써 내려가야 할지 갈피를 잡지 못해 여러 번 다시 주제를 잡고 글을 쓰고 제목을 바꾸고 표지를 바꾸는 등의 반복되는 수정 과정들을 거치니 내심 포기하고 싶다는 생각도 들었다. 그렇지만 동아리 부원들과 다 같이 글을 쓰면서 '나도 글을 쓸 수 있구나' 하는 자신감이 생겼고, 그렇게 남은 글도 차근차근 적어나갈 수 있었다. 뭐든 처음 시작이 있어야 다음도 있다고, 무섭다고 시도조차 하지 않으면 되는 것은 없다고 생각한다. 처음에는 글을 쓰는 게 두렵고 부끄러웠지만 처음 이렇게 발을 떼고 나니 다음에도 책을 써볼 수 있을 것 같고 또 다른 내용으로도 써보고 싶다는 생각이 든다. 뭐든지 처음부터 잘하는 사람은 없으니 지금 이 글을 읽고 있는 분 중 혹시라도 해보고 싶은 것이 있다면 일단 도전해보라고 말해보고 싶다.

이 책을 써 내려가면서 그 당시 요리를 하면서 느꼈던 감정들과 생각들을 다시금 느껴보기도 하였고, 앞으로 내 꿈을 위해 무엇을 해볼지 생각해보는 시간도 가지게 되었다. 동시에 글을 주어진 기한 안에 제출하는 과정에서 책임감 또한 기를 수 있었다. 그리고 코로나가 완전히 종식되고 난 이후, 이 글을 읽어본다면 코로나가 기승을 부렸던 그 시기에 어떤 것들을 하며 지냈는지 알 수 있기에 소중한 책이 될 것 같다. 동아리에서의 활동을 통해 이렇게 소중한 기회를 얻은 것에 대해 정말 감사히 생각하고 더 멋진 글을 쓸 수 있게 여러 방면에서 도와주신 송미애 선생님께 감사의 말씀을 드리고 싶다!

작가 소개

윤지현
2003. 07. 16.

좋아하는 계절은 추운 겨울이다.

좋아하는 음료는 하늘보리이며 이외에도 요거트 종류를 좋아한다.

방학 중 새로 구매한 스티커 색칠 북을 다 칠하는 것이 목표였다.

하지만 방학이 생각보다 짧아서 결국 다 칠하지 못했다.

-

내 삶의 큰 힘이 되어주는 정윤오, 김정우, 이동혁, 박지송,

김대면, 이파카, 성냐옹, 김호빵에게 진심 어린 감사를 표한다.

여명(黎明) : 희망의 빛

WRITTEN/PHOTO BY 윤지현

illustrated by 이나연

Prologue

📷 진로

고등학교 2학년, 이젠 진로에 대해 구체적이고 진지하게 고민을 해봐야 할 때다.
이번 코로나 사태로 인해 집에 있는 시간이 예상보다 길어졌고 그 시간을 진로에
대해 고민하며 보냈다.
진로에 대한 여러 가지 생각들이 머릿속에서 엉켜있었고 그 속에서 나는 방황했다.
여러 가지 학과를 찾아보다가 '부동산학과'를 알게 되었고 관심은 나를 방황에서
벗어나게 해주었고 돌고 돌아 도착한 그곳은 특별하게 느껴졌다. 단순히 관심에서
시작한 진로는 어느새 내가 노력을 하게 만들었다.
나를 능동적이고 빛나게 만들어준 꿈을 담아낸 이 책이 부디 누군가에게도
여명이 되기를 바란다.

　고등학교 1학년, 학교에선 우리에게 종이를 나눠주며 희망 학과를 써서 제출하라고 하였다.(그리고, 나에게 종이가 주어졌다.)

　'희망 학과'

　나는 갱지 위에 적힌 글자를 한참 동안 쳐다보았다.

　'내 꿈이 뭐더라?'

　단순한 물음으로 시작된 질문은 꼬리에 꼬리를 물었다. 머릿속은 이미 질문으로 가득차 있었다. 마치 교통정리가 되지 않아 어지러운 어느 도로 한복판에 서 있는 것 같았다. 머릿속이 혼잡했다.

　중학교 때부터 딱히 꿈이 없었던 나는 그 종이에 무언갈 쉽사리 써 내려갈 수가 없었다. 그래서 집에 오자마자 엄마에게 물었다.

　"엄마, 나 꿈이 뭐야?"

　지금 생각해보면 정말 웃기는 일이다. 나도 모르는 내 꿈을 부모님이 어떻게 알겠는가. 하지만 그 당시엔 저 질문의 답을 스스로는 도저히 찾을 수가 없었고 나보다 몇십 년이나 인생을 더 살아온 엄마라면 분명 해결책을 줄 거라는 생각에 기대에 가득 찬 눈빛으로 엄마를 바라보았다.

　엄마의 대답은 간단했다.

"몰라."

엄마와의 대화 후에도 자주 진로에 대해 이것저것 찾아보았다. 나름 오랫동안 고민도 하고 심사숙고하여 내 고등학교 첫 번째 진로를 '역사교육학과'로 결정하였다. 내가 역사교육학과에 입학을 한 건 아니었지만 단지 확실한 진로가 생겼다는 이유로 왠지 모르게 마음이 들떴다. 또, 진로와 관련된 활동을 할 때면 괜스레 당당해지고

📷 목적지 없음

뿌듯한 감정이 들곤 했다. 그건 아마 길이 정해진 자의 여유였을 것이다.

나는 그간의 고민을 모두 해결해줄 것만 같았던 나의 첫 진로에 최선을 다했다. 역사 선생님이 하시는 말씀을 정말 하나하나 옮겨 적고 역사 도우미도 도맡아 하며 책임감을 가지고 맡은 일에 최선을 다했다. 또 역사와 관련된 대회 혹은 교육과 관련된 프로그램이 있으면 꼭 참가하여 나의 꿈을 이루기 위해 노력했다.

이렇게 지난 1년을 그 학과에 한 발짝 더 가까워지기 위해 열심히 활동했다. 하지만 갑자기 그렇게 열심히 걸어왔던 이 진로에 대한 확신이 없어졌다. 정확히 말하자면 '이 길이 나에게 맞는 길일까' 하는 의문이 들었다. 그 의문은 내가 나의 진로에 확신을 갖지 못하게끔 했고 이는 자연스럽게 새로운 진로에 대해 생각을 해보게 했다. 새로운 진로를 생각한다는 건, 내가 작년부터 해왔던 모든 활동이 물거품이 된다는 것이기에 허탈함이 밀려왔다. 그리고 이 생각이 들었다.

'내가 지금 진로로 인해 방황해도 되는 때일까?'

'나만 뒤처지는 건 아닐까?'

나는 진로에 대해 확신이 서지 않아 방황하였고 그로 인해 불안감을 느꼈다. 불안감은 문득 찾아왔고 깊이 머물렀다.

코로나로 인해 개학은 연기되었고 뜻밖의 시간이 생기게 되었다. 나는 그 시간을 진로에 대해 고민을 하며 보냈다. 방황할 때는 원래 다들 그런 건지, 아니면 내가 유독 고민이 많았던 건지 모르겠지만 나는 꽤 오랫동안 방황했다. 방황하는 동안 여러 학과를 검색해 보며 무엇을 해야 할지, 내가 무엇이 되고 싶은지와 같은 맥락 없는 고민과 수많은 질문이 내 머릿속에서 줄을 지었다. 다들 하나같이 쓸모없는 생각 같았다. 그리고 불쑥 화가 났다. 대부분의 수행평가를 할 땐 진로와 연관

제목없음
[Web발신]
[코로나19 대응 및 예방 안내]
대구시 발표 2.27자 확진자 1,132명으로 확산방지를 위해 각별한 노력이 필요합니다.
1. 학교(기관)현관에서 발열검사 실시
2. 출근 전 가정에서 체온 측정 후 37.5도 이상이거나 기침, 가래 등 호흡기 증상이 있으면 출근하지 말고 1339, 관할 보건소 연락
3. 코로나19 진단검사를 한 경우 보건당국에서 격리를 해제 할 때까지 자가격리(위반 시 벌금 부과)
4. 외출자제, 마스크 착용, 손소독 등 감염병 예방 수칙 철저
-시지고-

2월 28일 (금) 오전 10:54

📷 코로나로 인한 개학 연기 안내문자

을 지어야 하고 생활기록부도 진로와 연관을 지어서 만들어 나간다. 하지만 진로에 대한 확신이 없었던 나에겐 그런 활동들이 왠지 모를 압박감으로 다가왔다.

그렇게 시간을 보내던 중 코로나에 관한 여러 소식이 들려왔다. 그중 나의 눈에 가장 띄었던 소식은 직업에 관한 얘기였다. 여러 사람의 취업난을 얘기하는 뉴스를 보면서 남 얘기가 아니라는 생각이 들었다. 그래서 뉴스를 접한 이후

나는 홀린 듯이 코로나 같은 재난이 닥친 상황에서도 안정적일 수 있는 직업에 대해 찾아보았다. 그러다 직업은 아니지만 한 학과를 찾게 되었다. '부동산학과'.

나는 부동산학과가 땅이나 아파트를 경매하는 것에 대해 배우는 학과라고만 생각했었다. 하지만 단순히 관심 없는 학과라고 넘겨버리기엔 어떤 학과인지 너무 궁금했다. 그래서 더 찾아보게 되었다. 부동산학과는 부동산, 금융, 증권업에 관한 이론과 실무를 배우는 학과라고 소개가 되어있었다. 나는 이 소개 글을 보며 이 학과가 굉장히 현실적인 것을 배우는 학과라는 생각이 들었다.

나에게 가장 매력적으로 다가왔던 부분은 부동산에 대해 배운다면 살아가면서 많은 도움이 될 것 같았다. 그뿐만 아니라 학과 특성상 취업의 폭이 넓어서 내가 직업을 정할 때 분명 도움이 될 거 같다는 확신이 들었다.

밤이 지나 서서히 밝아오는 때를 우리는 새벽이라고 부른다. 그리고 그 새벽이 지난 후엔 반드시 아침이 찾아온다. 나는 진로를 찾고 그 꿈을 이루기 위해 노력하는 과정을 시간이 지날수록 점차 밝아오는 새벽과 같다고 생각한다. 나의 새벽이 완전히 지나고 나면 펼쳐질 훗날의 그 환하고 눈부신 아침을 기대한다.

📷 새벽이 지나고 찾아올 아침

여 명 _＃
（黎明）

　　여명 : 희미하게 날이 밝아오는 빛. 또는 그런 무렵. 희망의 빛.

　　내가 스스로 바꾼 진로이지만 작년에 내가 한 활동들은 바뀐 진로와 방향이 너무 달랐기 때문에 생활기록부를 어떻게 채워야 할지 막막했다. 이렇게 마냥 고민하고 있을 때 친구의 문자를 받았다.

　　'경제 소인수 수업한다는데 참여해봐.'

　　친구의 말을 듣자마자 해야겠다는 생각이 들었다. 순간 잘할 수 있을까 하는 생각이 들었지만 일단 부딪쳐보자는 마음에 나는 바로 경제 소인수 수업을 신청했다. 담임선생님께 말씀드리니 선발 기준이 있어서 수업을 듣지 못할 수도 있다고 하셨다. 그래도 희망을 버릴 수는 없었다. 수업을 듣지 못하게 되면 어떡하지란 생각보단 될 거라는 생각이 더 강하게 들었고 나의 바람대로 경제 소인수 수업을 들을 수 있었다.

　　경제 소인수 수업은 일주일에 2번씩 있었는데 수업 시간마다 비주얼 싱킹이라는 활동을 했다. 이외의 활동으로는 경제 에세이 작성하기, 경제 신문 해설서 작성하기, 모의 장관회의 하기와 같은 경제와 관련된 다양한 활동들이 있었다. 그중 내가 가장 기억에 남았으면서 나의 진로에 도움이 되었던 활동은 경제

경제 소인수 수업 활동

신문 해설서 작성과 모의 장관회의 수행평가이다. 이 두 가지 활동이 도움이 된 가장 큰 이유는 내가 스스로 경제에 대해 생각할 수 있도록 유도해주었기 때문이다. 그저 주어진 주제에서 활동하는 것이 아닌 내가 직접 주제를 정하고 그에 따른 자료조사와 더 나아가 현실적인 해결 정책까지 오로지 나의 힘으로 생각하고 해결해야 했다.

이 활동을 할 때 나는 주택 부족 문제를 주제로 정했었다. 그와 관련된 여러 자료를 찾아보고 해외 사례를 참고하며 이 문제의 원인은 무엇인지 어떻게 해결하면 좋을지에 대해 고민했다. 이렇게 고민하고 노력한 끝에 나는 부동산 안정화 정책을 세움으로써 문제의 원인을 찾아내고 공급과 수요 측면에서 대책을 제시하는 결과물을 낼 수 있었다.

경제 소인수 수업이 끝난 후에도 부동산 학과 진학을 위한 나의 열정은 끊이지 않았고 이것은 직업에 대한 고민으로 이어졌다. 학과에 진학한 후 가질 수 있는 직업을 알아보니 흔히들 알고 있는 공인중개사부터 컨설팅회사, 감정평가법인, 대한주택공사, 한국토지공사, 지적공사, 금융기관 등으로 다양한 분야에서 일을 할 수 있다고 한다. 나의 부동산 학과에 가고자 하는 의지는 확고하지만, 학과에 진학한 후 무슨 직업을 가지는 생각은 아직 확실히 정하지 못했다. 만약 부동산 학과가 내 적성에 맞는다면 앞서 말한 곳 중에서 취직을 고려하겠지만, 이 길이 나와 맞지 않을 수도 있어서 대학교에서 공부하며 천천히 직업을 정하고 싶다.

이렇게 코로나를 틈타 다시 생각해본 나의 진로 이야기는 현재진행형으로 막을 내리려고 한다. 이 이야기의 결말은 아직 아무도 모르기에 나는 더욱 기대가 된다.

all we have is now

Epilogue

책을 쓰기 전엔 나의 진로에 관한 이야기를 어떻게 풀어나가야 할지 막막했는데 막상 쓰다 보니 경험했던 것이라 그런지 술술 나왔다.

나는 내 글이 코로나로 인해 진로에 변화가 생겨 방황하게 된 친구들에게 꼭 도움이 됐으면 한다. 자신이 남들보다 오랜 시간 방황을 하게 된다고 해서 너무 불안해하지 않으면 좋겠다. 나 또한 이로 인해 초조하고 불안했었다. 하지만 부딪쳐보니 방황의 시간을 극복해내며 한층 성장한 나의 모습이 보였다. 그리고 어느새 불안은 극복되어있었다.

진로가 바뀌었다고 해서 그전까지 쌓아온 것들이 무용지물이 되는 것은 아니다. 물론 자신이 여태 쌓아온 것들이 아깝다는 생각이 들 수 있다. 하지만 그 꿈을 위해 달린 자신의 노력은 절대 헛되지 않았다는 것을 알았으면 한다. 그러니 새로운 비행을 위해 다시 한 번 힘차게 노력을 하길 바란다.

김 가 은

2004. 09. 26.

푸른 달빛, 중력을 거스르는 물건,

쏟아지는 은하수, 어스름한 새벽빛, 그리고 미지의 공간.

공상을 좋아하는 소녀.

자신만의 세상을 만들고 싶은 소녀.

뻗으면 닿을 것 같던 소녀의 이상하고 아름다운 그런 세상.

그 세상에 닿기 위해

오늘도 조심스레 손을 뻗어 본다.

PHANTASIA

– 상상·공상·환상 –

WRITTEN/PHOTO BY 김가은

Prologue

세상은 어둠으로 내려앉았다.

불안한 나날들, 아무도 없는 거리, 제약된 생활, 변화된 일상 그리고 미루어진

개학. 의도치 않게 생긴 공백기에 사람들은 혼란스러워하고 불안해했다. 나 역시

불안했지만, 어쩌면 많은 것을 경험할 기회일 거라는 생각이 들었다.

공백기에 진로에 대한 혼란을 겪고 진로를 찾아가기까지의 과정이 담긴 나의 이야기.

어쩌면 당신이 겪었을 이야기. 앞선 나의 이야기로 당신에게 할 수 있다는

위로가 되기 위해 이 글을 써 내려갔다.

"나도 언젠간 밝게 빛날 수 있을까? 해낼 수 있을까?"

불안하고 끝이 없는 의심의 마침표를 찍기 위해. 이 나이 때는 조금 느려도 괜찮다고,

서툴러도 괜찮다고, 늦지 않았다고, 말해주고 싶다.

📷 코로나로 인해 이른 저녁에도 아무도 없는 거리

NOC－
어둠으로
덮힌 세상

"띠링 띠링." 어디에서 많이 들어 본 소리가 귀에 선명히 들린다. 부정하고 싶었지만, 온라인 수업을 듣는 날이었다. 창문에서는 옅은 빛이 새어 나오고 있었고, 이내 주위를 밝혔다.

자가진단이라는 이름이 익숙해진 현재, 휴대폰을 찾아 동그란 칸에 체크하며 자가진단을 한다. 그 후 한참을 넋 놓고 있다 맑

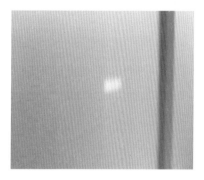

아침에 창문에 반사된 빛

은 새소리에 퍼뜩 정신이 들어 집에만 있느라 축축 늘어진 몸을 이끌며 일어난다. 젖은 모래주머니가 위에 올려져 있는 듯했다. 깊은 한숨을 쉰 뒤 서둘러 온라인 강의에 접속한다. 세수도 하지 않고 눈을 비비며 연신 하품을 한다. 잠이 완전히 깨지 않았나 보다. 차가운 물을 가져와 목을 한 모금씩 축인다. 박하처럼 시원한 기운이 이내 머리를 맑게 해준다. 그렇게 정신이 들었을 때 나는 시간 가는 줄모르고 수업을 듣고 있었다.

의도치 않게 생긴 공백기로 인해 나를 포함한 모든 학생이 혼란스러웠으리라 생각한다. 많은 것으로부터 제약을 받고 진로 혹은 관심 분야를 위한 활동도

못 하게 되면서 오히려 나의 꿈에 대해 생각하는 것이 더 어렵게 느껴졌다. 생각해 둔 계획이 흐트러지고 미래는 더 막막해지는 것 같았다. 순식간에 일어난 코로나 때문에 변해버린 생활에 적응하기도 전에 우린 학교에서 요구하는 진로라는 것을 찾아야만 했다. 밖에 나가지 못해 진로에 관한 경험을 할 기회가 없어진 우리는 미래가 더 어두워진 것 같았다. 애써 이 힘든 상황을 이해하려고 해도 울적해지는 마음은 왜 이리 야속한지 알다가도 모르겠다. 집에 있는 시간이 많아지면서 더 무기력해졌고 우리에게 당연하고 익숙한 것들을 새로운 방식으로 접하게 되었다.

코로나 때문에 온라인 수업, 영화 시청 또는 뉴스 시청 등 '영상'을 접하는 시간이 많아졌다. 특히나 영상을 통해 수업한다는 것은 매우 불편한 일이지만 만약 영상이란 것이 없었으면 온라인 수업도 불가능했을 것이라고 생각한다. 학교를 못 나가는 시기에 영상으로 수업을 대체함으로써 영상의 쓰임이 얼마나 중요한지를 새삼 느끼게 되었다.

영상의 쓰임이 학교에서뿐만 아니라 다양한 부분에서 점점 중요시되는 현재, 전시회 같은 관람 체험과 가수들의 콘서트는 온라인으로 진행되고 있다. 또한, 사람들은 여행을 갈 수 없어 영상으로 여행지를 찾아보며 코로나가 끝나기를 바라기도 한다. 그리고 밖에 나갈 수가 없기에, 뉴스 등의 영상을 보며 바깥 상황을 인지한다. 이렇듯 영상은 다양한 일을 하기에 영상 이용의 횟수는 계속 늘어날 것이고, 우리의 눈을 즐겁게 또는 보기 편하게 만드는 그래픽의 사용 역시 늘어나리라 생각한다. 그래픽은 3차원의 물체를 표현하는 것을 말한다. 그래픽이 있어 영상에 더욱 흥미를 느끼고 시청하는 시간 동안에도 지루하지 않게 느낄 수 있는 것 같다.

한편, 영화에서는 우리가 직접 표현하거나 체험할 수 없는 것들을 가상으로 표현함으로써 우리의 상상력을 더욱 확장시키기도 한다. 이 때문에 인간의 눈으로 확인할 수 없는 상상의 세계를 만드는 컴퓨터 그래픽 디자이너라는 직업이 더 멋있게 느껴졌다.

　나 또한 집에 있는 시간이 많아지면서 영상을 많이 시청했다. 그러다 보니 평소에 관심이 많았던 그래픽에 대해 더 관심을 가지게 되었다. 그래서 코로나로 생긴 공백기 동안 그래픽에 대해 알아보며 생각하다 보니 컴퓨터 그래픽 디자이너라는 꿈에 대해 생각해보게 되었다. 하지만 코로나 때문에 밖에 나가기도 어려워 진로와 관련된 활동을 하기가 쉽지 않았기에, 불안한 마음도 커지고 행동으로 옮기기가 겁이 났다. 그러나 스스로 일어나야 한다는 것을 알고 있음에도 그 한 발짝 나가기가 무서워 발가락을 오므릴 때, 그때 나아가야만 비로소 빛을 볼 수 있다고 생각했다. 그래서 앞으로 나아가기로 했다.

　'내가 잘할 수 있는 것이 무엇인지, 시작해도 후회하지 않을 것은 무엇인지' 아직 경험해보지 못한 것이 많은 나에게, 준비되지 않은 나에게 꿈과 목표를 요구하는 세상이 야속하지만, 이 어려움을 겪고 있는 것은 나뿐만이 아니기에 같은 혼란을 겪고 있는 친구들을 보며 위로를 받고 다시 힘을 내어 본다.

　미래를 위해 불안하고 힘든 지금을 견뎌내며 코로나라는 이름의 어둠을 잘 이겨 낼 수 있을지 의문이 들었다. 지금은 앞이 막막하고 자신의 길이 없다고 느껴질 수도 있다. 그러나 생각을 바꾸어 보면, 그 방황마저도 우리를 더 좋은 방향으로 이끄는 하나의 또 다른 길이지 않을까?

　'잿빛 같던 까만 밤, 가장 멋진 길로 안내해 줄 작은 별 하나가 반짝인다.'

"Maybe your reason why, all the doors are closed,
So you to the perfect room"
모든 문이 닫혀 있는 이유가 어쩌면,
문을 하나 열어서 가장 멋진 방으로 널 안내하려는 것일지도 몰라

Katy Perry - Firework 中

꿈의 발자국

SOMNIUM¬ #

"넌 꿈이 무엇이니? 하고 싶은 것이 있니? 나중에 커서 뭐가 되고 싶니?"

이런 질문들이 무슨 의미가 있을까. 골똘히 생각해보다가도 앞에 있는 내신이라는 벽에 숨이 턱 막혀오고, 이내 허물어져 처음으로 돌아간다. 있던 의지마저 사라진 허무한 느낌이다. 이런 말을 들은 적이 있다. "17살? 다 컸네. 이제 혼자 알아서 할 수 있지?" 이 말이 부담스럽게 느껴진 나는 아직 어리고도 여렸다. 나이만 한 살 한 살 먹을 뿐이지 성장하였는지에 관한 질문의 답은 "모른다."였다.

학급 UCC를 담당한 열두 살의 나는 살며시 내리쬐는 햇볕 밑에서 다리를 앞뒤로 흔들며 열심히 편집하고 있었다. "엄마 이거 너무 재미있어요!" 별이 총총 박힌 듯한 반짝이는 눈빛으로 지친 기색 없이 열심히 했다. 열세 살에는 학교에서 모둠끼리 뉴스 제작을 했고, 열네 살에는 모둠원이 출연한 노래 뮤직비디오의 총편집을 담당했다. 작은 손으로

📷 어릴 때의 나

꼬물거리며 이리저리 효과를 넣어보았다. 노력에 답하듯 결국 반에서 1등을 했다. 이 뿌듯함과 행복함을 계속 느끼고 싶었다. 얼굴에 미소가 퍼져나갔다.

하지만 중학교에 들어오고 나서는 고등학교에 가기 위한 내신을 챙기느라 진로에 대해 잊고 있었다. 중3 막바지에 이르렀을 땐 확실하게 정한 진로가 없어 길 잃은 양처럼 혼란스러워했다. 주변 사람들로부터 예술에 재능이 있다고는 자주 들었지만, 정말로 예술에 재능이 있을까, 예술의 길로 접어든다면 과연 도중에 포기하지 않고 끝까지 노력할 수 있을까, 그에 대한 여러 의문이 생겨났다. 하지만 예술 활동을 할 때만큼은 행복하고 즐거운 느낌을 나 스스로가 느끼기에, 예술 관련 직업을 해야겠다고 마음을 먹기까지 오래 걸리지 않았다. 예술 관련 직업으로 꿈을 결정한 뒤엔 일러스트 수업, 패션디자인 수업 등 적성에 맞는 진로를 찾기 위해 여러 예술학원에 다녔었다. 그런데 처음에는 재미있었지만 금방 지치고 배울수록 흥미가 떨어졌었다.

그렇게 또 한 번의 방황을 하던 중 어렸을 때 편집한 많은 영상 중 '겨울왕국'이라는 제목으로 저장된 편집물을 보게 되었다. '겨울왕국'에서 그래픽으로 표현된 캐릭터가 눈 마법을 쓰는 장면을 따라 하고 싶었는지 영상에서는 눈 이미지를 붙여 영화의 그래픽을 따라 했던 것처럼 보였다. 서툰 편집 방식을 보며 귀엽기도 하고 '내가 이렇게까지 영상 효과에 관심이 많았구나'라는 생각을 하게 되었다. 생각해보면 그때는 동영상을 편집하는 데 반나절이 걸려도 힘들지 않았던 것 같았다. 이 영상을 보면서 영상관련 분야로 진로에 대한 초점을 맞추게 되었다. 그래서 코로나로 인해 생긴 공백기에 영상에 관한 여러 활동도 했었다. 활동 중 온라인 수업을 다 듣고 남는 시간에는 영화를 즐겨 보았었다. 때론 영화 시청을 하고 난 후 어떤 기법의 그래픽이 들어갔는지가 궁금해 영화 제작과정을 찾아보았다. 얼마 전 '겨울왕국 2'를 다시 보고 그 영화에 쓰인 그래픽에 대해 검색해 본 적이 있다. '겨울왕국'의 인물을 담당한 제작자들은 노래를 부르는 캐릭터의 감정을 잘 표현하기 위해 뮤지컬 전문가에게 수업을 듣기도 하고 캐릭터를 섬세하게 표현하기 위해 머리카락 한 올 한 올과 목, 쇄골 움직임을 표현하고 심지어 피부의 솜털까지 표현했다고 한다. 한 캐릭터를 그래픽으로 표현하기까지 많은 노력을 하시는 제작자분들이 존경스러웠고 그래픽에 대해 알아갈수록 더 흥미로워지고 멋있게 느껴졌다.

"나도 그래픽으로 효과를 표현할 수 있다면 얼마나 좋을까?"

하늘을 나는 사람들, 이상한 형체의 도시들, 알아볼 수 없는 외계인과 우주선, 흥미로운 세계관, 미지의 공간, 번쩍이는 화면 속 현란한 움직임들. 영화 속 화려한 효과를 볼 때, 마치 환상 속에 있는 것 같고 그 공간이 실제로 존재하는 것 같은 느낌을 받는다. '저 효과는 어떻게 표현할까? 무슨 의도로 만들었을까?' 이런 고민을 하는 게 행복했다. 당장이라도 무언가를 하고 싶은 열정이 나를 에워싸는 것 같았다.

이 열정을 기반으로 나는 그래픽학원에 등록하여 포토샵부터 일러스트까지의 기본과정을 배웠다. 배우면서 즐거웠기에, 앞으로 배울 그래픽까지도 잘 맞을 것 같다는 생각이 들었다. 기본과정을 배우고 난 후 그래픽을 조금 배웠을 때는 어렵기도 했지만, 더 흥미로웠고 심화 과정까지 배우고 싶기도 했다. 선생님들께서 결과물에 대해 칭찬하실 때마다 자신감도 붙어 컴퓨터 그래픽 디자이너라는 꿈에 대한 확신의 틀이 잡히는 듯했다.

이렇게 다양한 활동을 해보며 꿈에 대한 시야도 넓어진 것 같았다. 마음 역시 조금 가벼워지고 나의 꿈을 향해 포기하지 않고 나아갈 책임감 또한 더 생긴 것 같아 뿌듯한 기분이 들었다. 예기치 않은 공백의 나날들 때문에 불안했지만 어쩌면 이 시간이, 이 공백이 앞으로 나아갈 기회였을지도 모른다. 아직 미래에 대한 생각은 불안하지만 내 선택이 옳다고 믿고 나아가다 보면 꿈을 이룰 수 있다고 생각한다.

'나도 언젠간 밝게 빛날 수 있을까?'

울컥한 마음에 괜히 눈시울이 붉어진다.

"I make no apologies, This is me."
나는 내가 옳다고 믿어 의심치 않아, 이게 바로 나야
Keala Settle - This is me 中

📷 꿈을 향한 발자국

빛을 내는 방법

LUX-I

처음에는 꿈을 이루기 위해 어떤 일이든 다소 성급하게 해결하려 했고, 성공해야 나의 꿈이 완전히 이뤄질 수 있다고 생각했다. 하지만 점차 부담감이 쌓이고 불필요한 고민까지 생겨 진로를 결정하기가 더욱 더 쉽지 않았다. 그러나 코로나로 인해 개학이 연기되면서 나를 돌아보는 시간을 가지고 나니 꼭 성급하지 않아도 된다는 것을 깨달았다. 이제부터 나는 꿈을 위해 스스로를 믿고 앞으로 나아갈 것이다.

내게는 아직 명확한 목표가 없다고 생각한다. 하나를 이루고 '다음에는 무엇을 해야 하지'라는 허무한 느낌이 들었을 때 자신에게 진정으로 남는 것은 지나가는 먼지에 불과하다. 스스로 하나씩 해내고 있는 것이 목표를 달성하고 있는 과정이며 무언가를 했을 때 생기는 뿌듯함과 호기심은 진정한 목표를 달성한 것의 증거라고 생각한다. 작은 불꽃이 하나하나 모여 빛이 되듯이 나의 열정과 노력, 믿음이 모이다 보면 언젠가 빛을 낼 수 있고, 빛을 넘어 강렬한 태양처럼 빛날 수 있다고 같은 방황을 겪는 친구들에게 말해주고 싶다.

📷 강렬한 태양처럼

"I got that sunshine in my pocket."
밝게 빛나는 태양이 바로 내 주머니 안에 있어

Justin Tiberlake - Can't stop the feeling 中

Epilogue

밑그림에 채색할 때는 꼭 색을 정하고 색깔을 입히지 않아도 된다. 마음이 가는 대로, 손이 닿는 대로 입히다 보면 예상과는 다를지라도 또 다른 멋진 그림이 완성될지도 모른다. 그러니 아무것도 정하지 못했다고 걱정하지 않아도 된다. 아직 채색할 기회가 많이 남은 것이니까 물감을 잘못 섞었다고 해서 망쳤다고 생각하지 않아도 된다. 색이 섞이고 섞여 원하는 색이 나오지 않아도, 심지어 검은색이 나와도 그것마저 큰 캔버스에 발자국을 남기는 것이며, 아름다운 그림을 완성하고 있는 것이고, 아주 잘해내고 있는 것이다.

중3 막바지에 다다랐을 때, 나는 내가 나아가기에, 충분한 준비가 되어있지 않은 것 같아 불안한 마음이 들어 꿈에 대해 성급하게 생각했었다. 사실 그 나이는 꿈을 천천히 생각해보아도 늦지 않은 시기였는데 성급한 마음에 조급하게 생각해 왔던 것 같다. 컴퓨터 그래픽 디자이너라는 꿈을 가질 때까지의 길은 쉽지 않았고, 이제부터가 진짜 시작이지만 여기까지 온 나 자신을 다독여 주고 싶다. 앞으로 거쳐야 할 많은 난관이 나를 기다리고 있겠지만 나 자신을 믿고 천천히 잘 해결할 수 있기를 살며시 바라본다.

이상하고 아름다운 세계에 닿을 수 있도록.

"I get scared I'm unprepared and
will be for the rest of my life.
But I've made it this far, Yeah I made it this far."
내가 충분히 준비되어 있지 않은 것 같음을 두려워하고 앞으로도
평생 준비되어 있지 않을 것 같음을 두려워할 것 같았지
하지만 난 이만큼 해냈는걸, 그래 난 이만큼이나 해냈는걸

Katelyn Tarver - Made it this far 中

김 수 연
2003. 08. 11.

유아교육과 지망생이자,

시지고등학교 도서부 편집부장

열한 살 아래 남동생이 있다.

좋아하는 음식은 한식이다.

선생님!
마스크는 왜 쓰는 거예요?

WRITTEN/PHOTO BY 김수연

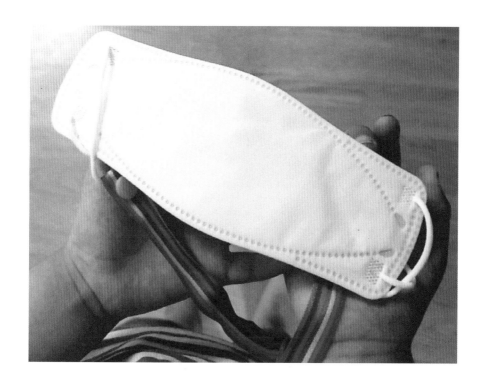

📷 텅 비어 있는 놀이터. 아이들이 뛰어놀던 놀이터가 보고 싶어진다.

Prologue

2020년 8월 12일 수요일. 이 이야기를 처음 쓰기 시작한 날이다. 동시에 코로나가 여전히 남아 있는 상태이기도 했다. 코로나 때문에 모두가 하루하루를 무기력하게 살아가고 있었지만, 그런 와중에도 일곱 살 난 내 동생은 활기차기만 했다. 동생은 나에게 유치원에서 있었던 일들을 종종 들려주곤 했는데, 그 덕에 나는 유치원이 코로나 사태를 어떻게 이겨나가고 있는지 알게 되었다. 그러다가 문득 든 생각.

'유아 보건에 대해 알아볼까?'

나는 유치원 교사가 꿈인 만큼 지금까지 유아교육의 다양한 분야에 관심을 가지고 탐구를 해왔었다. 하지만 생각해보니 유아 보건에는 관심을 가진 적이 딱히 없었다. 그래서 보건이 더 중요해진 지금, 나는 이 글로써 코로나로 인해 달라진 유치원의 모습과 유아 보건에 대해 알아보려 한다.

달라졌어요! 학교가

　모두에게 새로운 출발이 되어야 했던 3월은 코로나로 인해 봄을 느낄 새도 없이 지나가 버렸다. 확진자 수가 증가하면 증가할수록 외부활동의 제약은 늘어만 갔다. 그렇게 어른들은 재택근무를 하고 학생들은 온라인 수업을 들으면서 모두가 집에서의 생활에 익숙해져 가고 있었다. 하지만 집에서만 이어지는 생활에 적응하지 못한 사람도 있었다. 그중 하나가 나였다. 나는 집순이가 아니라 그런지 3번의 개학 연기를 겪고도 계속 개학을 기다릴 만큼 바깥 생활이 너무나도 그리웠다. 그러던 중, 이런 내 마음을 알았는지 5월 중순쯤 드디어 개학 날이 확정되었다. 이렇게 나는 설레는 첫 등교날을 맞이하게 되었고, 이후 새로운 것들로 가득한 일상을 경험하게 되었다.

　기다리던 개학날 아침, 열심히 걸어서 도착해보니 학교는 들어가는 길부터 모든 것이 달라져 있었다. 들어가는 길은 학반별로 구분이 되어있었고, 1층에서는 열 감지 카메라를 통과해야 계단을 올라갈 수 있었다. 교실 앞에 도착하면 한 번 더 선생님과 열 체크를 해야 했고, 손 소독제까지 바르고 나서야 교실 안으로 들어갈 수 있었다. 학교가 코로나 방역을 정말 철저하게 실천하고 있다는 것을 등교 한 번만으로도 나는 실감할 수 있었다. 하지만 이렇게 등교하는 것이 처음이라 그런지 나는 자리에 앉자마자 몸에 힘이 쭉 빠졌다.

그렇게 자리에 앉고 나서 제일 먼저 눈에 들어온 것은 책상 위에 설치되어있는 가림막이었다. 책상을 답답하게 만들고 시야를 가리는 가림막이 나는 마음에 들지 않았다. 하지만 이 생각은 곧 바뀌게 되었다. 가림막은 급식실을 갈 때도 챙겨가야 했었는데, 가림막을 설치하고 식사를 해보니 다른 사람이 내가 먹는 모습을 보지 못해서 부담 없이 식사를 할 수 있었다. 덕분에 달라진 것들이 나쁘지만은 않다는 것을

📷 가림막을 들고 급식실 줄을 서고 있는 친구와 나

느꼈다. 가림막 말고도 의외로 좋았던 것이 하나 더 있었다. 바로 보충수업과 야간 자율학습을 하지 않고 하교를 한다는 점이었다. 2학년이 된 만큼 공부에 많은 시간을 쏟아야 하는 상황에서 보충수업과 야간 자율학습을 못 하게 되어 아쉬웠는데, 막상 일찍 하교해보니 학교에 오래 있지 않아도 돼서 좋기만 했다.

전체적으로 보면 지루한 집에서의 생활이 줄어들어서 좋긴 했지만, 규칙적인 열 체크와 사회적 거리 두기 같이 지켜야 하는 것들이 많아서 힘이 들었다. 그리고 어떻게 보면 무섭기도 했다. 그 당시 대구는 코로나가 매우 빠른 속도로 번져나가고 있었기 때문에 등교가 마냥 반가울 수만은 없었다. 이러한 시기에 등교를 하게 되어 많은 걱정을 했지만 아무렴 어때, 나는 답답했던 집에서 벗어날 수 있다는 것만으로도 좋았다. 이렇게 하루를 다시 생각해보며 하교를 할 때쯤, 동생이 떠올랐다.

'동생은 유치원에 잘 다녀왔을까?'

그날은 학교도 일찍 마치고 동생도 보고 싶었기 때문에 동생을 데리러 유치원에 가기로 했다. 하지만 입구에서 나를 맞이한 것은 손 소독제와 안내문이었다. 아이들이 생활하는 곳이라 그런지 유치원은 방역에 있어서 더 신경 쓰는 분위기였다. 출입문에 붙어있는 안내문을 읽어보면서 조금 기다리자 동생이 선생님과 함께 나왔다. 평소처럼 선생님과 인사를 나누고 동생이랑 손을 잡으니 바람을 타고 손 소독제 냄새가 시큼하게 날아왔다. 그 순간 유치원 안에서도 방역이 잘 지켜지고 있다는 것을 짐작할 수 있었다.

내가 가장 궁금해했던 동생의 유치원 일과는 집으로 가는 길에 들을 수 있었다. 나와 마찬가지로 동생도 일곱 살이 된 후 유치원에 가는 것이 그날이 처음이었다. 동생의 이야기를 들어보니 유치원도 학교처럼 달라진 점이 많았다. 그중 가장 먼저 유치원에 들어가는 과정을 듣게 되었다. 동생도 유치원 안으로 들어가기 전에 열을 먼저 재고 들어갔으며 마스크 착용도 반드시 해야 했다고 한다. 실내에 들어가기 전 열 체크와 마스크 착용은 정말 기본적인 방역 지침 중 하나여서 유치원도 그럴 것이라 예상은 했었다. 그래도 유치원생들에게는 처음으로 자신의 일상에 엄격한 규칙이 생긴 것이기에 동생은 하루 동안 있었던 모든 일이 기억에 남은 듯했다.

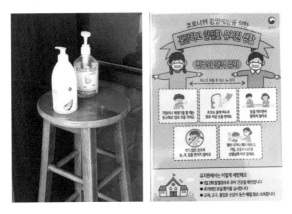

📷 유치원 입구에 비치된 손 소독제와 유치원 예방 수칙 안내문

　열 체크와 마스크 착용 다음으로 나온 이야기는 손 씻기였다. 동생의 말을 들어보니 유치원에서는 손을 씻는 시간을 정해놓고 규칙적으로 손을 씻게 지도하는 것 같았다. 유치원에서 손 씻기를 이렇게 집중적으로 지도하는 이유는 아무래도 유아기 아이들의 가장 잘 알려진 습관 중 하나인, 손을 얼굴에 가져다 대는 버릇 때문인 것 같았다. 코로나바이러스는 다른 바이러스들과는 다르게 전염성이 매우 강하고 전염 경로 또한 많다. 특히 눈, 코, 입 모두를 통해 전염될 수 있으므로 얼굴에 손을 대는 것은 매우 위험한 행동이다. 손으로 얼굴을 만지는 행동을 삼갈 필요도 있지만, 아이들은 행동을 스스로 잘 통제하지 못하기 때문에 오히려 손을 깨끗한 상태로 유지하는 것이 아이들에게는 더 효율적일 것이다. 이렇듯 손 씻기는 아이들에게 정말 중요하면서도 실천하기 쉬운 방역이기 때문에 이야기를 들으면서 동생이 손 씻기만은 잘했으면 좋겠다는 생각이 들었다.

　이렇게 유치원도 학교와 마찬가지로 달라진 점이 많았는데, 동생은 달라진 유치원이 마음에 들지 않은 눈치였다. 그 많은 변화 속에서도 동생이 유독 마음에 안 들어 하던 부분이 있었는데, 그건 바로 격일 등원이었다. 유치원도 학교처럼 가는 날과 안 가는 날이 정해졌는데 원래는 매일 가던 유치원이라 그런지 동생은 가는 날과 안 가는 날을 헷갈려했다. 동생에게는 아직 날짜를 구분하는 것이 어려운가 보다.

동생의 이야기가 끝나자 나는 늘 하던 질문을 했다.

"오늘은 친구 누구랑 놀았어?"

그런데 동생의 대답이 나를 당황하게 했다.

"응? 그게…. 누구랑 놀았더라?"

"에이, 누구랑 놀았는지도 몰라?"

"다 마스크 쓰고 있어서 몰라!"

이럴 수가. 마스크 때문에 서로를 못 알아볼 줄은 몰랐다. 동생의 대답이 너무 귀여워서 절로 웃음이 나왔다. 전염병 때문에 이런 상황이 벌어질 수도 있구나 싶었지만 동시에 조금 안쓰럽기도 했다. 아이들은 마스크가 더 답답하게 느껴질 텐데…. 그리고 밖에 나가서 많이 놀고 싶기도 할 텐데…. 어떻게 보면 이 시기는 아이들이 제일 견디기 힘들어하는 때이지 않을까. 하루빨리 아이들이 마스크를 벗고 서로를 만날 수 있었으면 좋겠다.

📷 마스크 때문에 서로를 알아보지 못하는 유치원 아이들

동생의 이야기를 듣다 보니 궁금해진 것이 있었다.

'유치원에서는 아이들에게 코로나에 대한 교육을 어떻게 하고 있을까?'

'교육으로 아이들이 코로나를 더 잘 이해할 수 있을까?'

이 궁금증들은 점점 보건 교육에 관한 질문으로 이어졌다.

'보건 교육은 아이들에게 정말 도움이 될까?'

'보건 교육을 하는 목적은 무엇일까? 단순히 전염병을 예방하는 것에서 그칠까?'

'그전에…. 보건 교육이 뭐지?'

이렇게 유아 보건 교육에 대해 많은 호기심이 생긴 나는 유아 보건에 대해 알아보고 싶어졌다. 이렇게 나는 유아 보건에 대해 마음을 먹고 유아 보건과 관련된 책을 찾아보기 시작했다. 그러다 「유아 보건 관리학」이라는 책을 알게 되었는데, 이 책은 유아 보건에 대해 다양한 정보를 담고 있어서 유아 보건을 이해하는데 많은 도움이 되었다. 또, 동시에 내가 어떤 유치원 교사가 되어야 할지 생각해볼 때도 많은 영향을 주었다. 그럼 이제 책의 내용에 관한 이야기를 해보겠다.

우선 책의 첫 장에서는 유아 건강관리의 중요성을 다루고 있었다.

"건강이라는 것은 조금씩 쌓아 올리는 것이며, 갑자기 건강한 상태로 되는 것은 아니다. 유아기는 스스로 건강한 생활을 하는 첫 시기이므로 매우 중요하며, 이 시기에 유아를 둘러싼 환경이나, 양육자인 부모나 교사의 지도 여하에 따라 그 후의 생애의 건강생활에 큰 영향을 미치게 된다. 따라서 평생교육의 관점에서 보아도, 이 시기의 보건 교육은 매우 중요하다. 특히 유아교육은 넓은 뜻에서 볼 때 유아의 건강을 기반으로 하고 있으므로 유아기의 건강교육은 매우 중요한 위치에 있다."

유치원에 가기 전 열을 재보는 동생. 매번 귀찮아하는 모습이 귀엽다.

유아기는 사회의 모든 것을 처음 경험하는 때이므로 사람의 성장 과정에서 제일 중요하다고도 할 수 있는 시기라고 알고 있다. 그렇기에 책에서 말하는 바와 같이, 평생교육의 관점에서 보아도 유아기의 보건 교육은 정말 중요하다고 생각이 되었다. 또, 유치원의 보건 교육이 유아기 아이들의 입장에서는 어떤 의미로 다가올지, 그리고 유치원 교사의 보건지도가 얼마나 큰 영향을 미치는지를 생각해보게 되었다.

그다음으로는 유아 건강지도 사항에 대해 이야기를 했다.

"유아의 건강생활을 위해서는 그들의 생활에 필요한 습관이나 태도를 몸에 익히는 일이 중요하다."

위의 내용을 읽고, 나는 동생 유치원에서 왜 손 씻는 시간을 정해서 규칙적으로 손을 씻게 했는지를 다른 이유에서 바라볼 수 있었다. 단지 방역에서 그치는 것이 아닌 습관을 위해서 규칙적으로 지도했을 거라 생각되었다. 보건 교육에 있어 아이들이 방역수칙을 일상의 한 부분으로 받아들이게 하기 위해서는 습관화만큼 좋은 방법이 없다고 생각한다. 유아기의 아이들은 보건 교육이 처음일 것이고, 그렇기에 모든 것이 서툴 수밖에 없다. 나는 낯설게만 느껴지는 방역수칙들을 친근하고 익숙하게 만들어주며 점점 습관이 될 수 있게 도와주는 것이 유치원 선생님의 역할인 것을 알게 되었다. 나도 이러한 역할을 잘 해낼 수 있는 선생님이 되고 싶어졌다.

이제 제일 처음에 품었던 코로나 교육에 대한 궁금증을 해결해 보려 한다. 이 궁금증을 해결하기 위해서는 먼저 보건 교육이 어떤 것인지부터 알아볼 필요가 있는데, 책에서는 보건 교육에 대해 이렇게 말하고 있다.

"보건 교육은 단순히 지식을 전달하는 것이나 지식을 가지고 있는 데에 그치는 것이 아니라, 건강을 자기 스스로가 지켜야 한다는 긍정적인 태도를 가지고 건강에 올바른 행동을 일상생활에서 습관화하도록 돕는 교육과정이다."

이 내용을 읽고 나니 내가 커다란 숲 가운데 한 그루의 나무만 보고 있었다는 걸 깨달았다. 보건 교육이 그냥 지식을 전달하는 역할만 하는 줄 알았는데, 거기에서 그치지 않고 실생활에 적용하는 것까지를 목표로 두고 있었다는 게 새로웠다. 이로써 나는 보건 교육의 역할과 목표를 다시 생각해보게 되었다.

이제 유아 보건에 대해 알게 된 내용을 바탕으로 현재 상황을 바라보려고 한다. 이에 더 생생한 이야기를 듣고 싶어 한 어린이집 원장 선생님과 인터뷰를 진행하게 되었다.

＊ ＊ ＊

Q1 현재 유치원과 어린이집에서는 코로나에 대한 보건 교육을 하고 있나요?

A 네, 당연히 실시하고 있습니다. 교육은 "균이 들어와서 우리의 몸을 아프게 할 수 있으므로 마스크는 식사할 때 만 벗고 온종일 꼭 착용해야 해요." 이런 식으로 왜 이렇게 해야 하는지 이유를 같이 알려주어 아이의 이해를 도우면서 교육하는 것에 중점을 두고 있습니다. 친구들과도 거리를 두고 놀이할 수 있도록 교사가

계속 시야에서 관찰하며 활동을 관리 지도하고 있어요. 또, 식사할 때도 마찬가지로 자리 띄워 앉기 및 일렬로 앉기로 식사 지도를 하고 낮잠을 잘 때도 마스크를 하고 자게 합니다. 양치도 비말로 인한 위험성 때문에 어린이집에서는 금지하고 있고요. 바깥 놀이로 산책 외 다른 단체활동이나 운동회, 소풍 등의 행사같이 밖에서 하는 활동들은 모두 하지 못하고 있습니다.

보시다시피 유치원과 어린이집도 학교에서 통제하는 것과 크게 다른 부분은 없어요. 다른 부분이 있다면, 사회적 거리 두기가 2.5단계로 격상되면서부터는 맞벌이 가정의 아이들만 등원을 받고 있습니다. 맞벌이 가정이 아닌 나머지 아이들은 등원에 제한이 걸려요. 맞벌이 가정 아이들도 어린이집에 있는 시간을 최소화하는 쪽으로 힘쓰고 있습니다.

Q2 보건 교육을 하는 것과 하지 않는 것의 차이는 무엇인가요?

A 교육을 하고 안 하고의 차이는 엄청나게 커요. 교육의 여부는 바이러스 전염과 직결된다고 보면 됩니다. 보건 교육은 최대한 자신을 보호할 수 있도록 계속 인지시켜주는 교육이기에 필수이며 교육의 방법에 있어서는 대상이 영유아들이기 때문에 자연스럽게 일상생활 속에서 받아들여지도록 직접적으로 교사가 개입하는 부분이 큽니다.

Q3 보건 교육을 하시면서 힘드셨던 부분은 없었나요?

A 처음에 걱정했던 것과는 다르게 아이들이 마스크 착용을 불편해하지 않고 정말 잘하고 있어요. 심지어 세 살, 네 살도 잘하고 있습니다. 하지만 몇몇 아이들은 어리기 때문에 마스크를 안 하려고 하기도 했어요. 그런 경우에는 교육을 가정에서도 원에서도 더 집중적으로 지도하고 있습니다. 또, 낮잠을 잘 때도 마스크를 쓰고 자는데 자다가 숨이 막혀 안전사고라도 날까 봐 걱정되어 교사가 계속 자는 아이들의 상태를 확인해보고 있어요.

가장 난감한 부분은, 원내 수용인원을 최대한 줄여야 하는 상황에 맞벌이 가정 등 다양한 가정상황으로 인하여 등원 아동이 많을 때도 있어요. 공지 사항으로 "코로나19 감염 우려가 큰 상황으로 긴급보육에서도 어린이집 내 감염을 최소화하기 위해 맞벌이 가정, 한부모 가정 등 당장 아이를 돌볼 수 없는 경우에만 이용해 주시고, 긴급돌봄을 이용할 때도 재택근무, 휴가 등을 통해 부모 돌봄이 가능한 날에는 가정에서 보육하여 주시기를 당부드립니다."라는 안내가 계속 나가야 하기에 학부모님들의 협조를 요청하고 있지만, 조심스럽기도 해서 신경을 많이 씁니다.

　인터뷰는 이렇게 끝이 났다. 학교와 유치원의 방역수칙은 매우 다를 것이라고 생각해서 그런지 학교와 다른 점이 그리 없다는 것이 새로웠다. 또, 오히려 방역에 있어서는 유치원이 학교보다 더 잘 지켜지고 있는 것 같아 놀라웠다. 아이들이라 방역수칙을 지키기 어려웠을 것 같았는데, 오히려 아이들일수록 선생님의 지도를 더 잘 따른다는 것이 학교에서의 나를 돌아보게 했다. 이 인터뷰를 통해 코로나 사태에서의 어린이집의 대처를 자세하게 알 수 있었고, 보건 교육의 필요성과 효과에 대해서도 잘 알 수 있어서 보람찼다. 많은 것을 배워가는 것 같아 인터뷰해주신 원장 선생님께 정말 감사하다.

Epilogue

이 글을 쓰게 되면서 설렘과 동시에 걱정도 많이 들었었다. '내가 과연 유아 보건에 대해 잘 탐구할 수 있을까?'라는 생각도 있었지만 '내가 알게 된 것들을 이 글에 잘 담아낼 수 있을까?'라는 걱정이 제일 컸다. 그래도 나름대로 탐구를 잘 해낸 것 같고, 이 글에도 열심히 잘 담아낸 것 같아서 만족스럽다.

만약 코로나라는 현재 상황이 없었더라면, 이 내용들이 잘 와닿지 않았을 뿐만 아니라 유아 보건의 중요성과 필요성 또한 잘 이해하지 못했을 것 같다.

지금 생각해보면 힘들게만 기억될 수도 있을 이 순간들을, 지금 이 시기이기에 경험해 볼 수 있는 것들을 하며 지낸 것 같아서 이 에필로그를 쓰고 있는 지금은 이 책에 담긴 시간들이 정말 보람차게 느껴진다.

또, 이 글을 통해 많은 사람들이 유아교육에 한 발 더 가까워졌으면 하는 마음으로 글을 썼기 때문에 여러분이 유아교육 쪽에 관심이 없었을지라도, 읽는 순간만큼은 유아교육을 어렵지 않게, 재미있게 느끼셨기를 바란다. 마지막으로, 모두가 코로나 사태로 인해 힘든 지금을 잘 이겨내길 바라며 이 글을 마친다.

이 수 빈

2004. 12. 21.

YOU
MAKE
ME
HAPPY

추운 겨울, 대구에서 한 소녀가 태어났다.

수학과 과학(특히 물리학)을 좋아하며

누군가에게 그것들을 가르쳐 주는 것 또한

좋아하게 된 소녀는

교사가 되고 싶다는 꿈을 품게 되었다.

소녀는 코로나라는 이 상황을 계기로

일상과 더불어

그 꿈에 대하여 한 번 더 탐구해 보려 한다.

학교에
그림자가 드리우면

WRITTEN/PHOTO BY 이수빈

Prologue

2020년 코로나라는 그림자가 드리웠다. 그 누구도 바라지 않았던 그림자가 순식간에
세상을 덮었다. 이 재앙을 떨쳐 낼 수 없었던 각종 시설은 그림자를 조금이나마
지워낼 방법들을 생각해내기 시작했고, 이는 학교 또한 마찬가지였다.
지금부터 그림자가 점점 짙어짐으로 인해 바뀌어 버린 학교의 모습을 써보려
한다. 그리고 그와 함께, 나의 꿈이자 학생들의 방역 활동에 힘쓰시는 선생님들의
이야기까지 이 책에 담아 보려고 한다.

📷 올해 코로나가 그림자를 드리우게 되면서 구경하지 못한 벚꽃

언제나 세상은 변화해 왔다. 어제와 오늘의 일상은 비슷하게 흘러가 바뀌지 않은 것처럼 보일 수도 있다. 하지만 분명히 어제와 오늘은 다르고, 우리는 항상 바뀌어 가는 환경에 적응하며 살고 있다. 하지만 이것은 어제와 오늘 사이의 변화처럼 작은 변화일 때만 허용되는 이야기다. 갑작스레 세상이 크게 바뀐다면 변화에 익숙한 우리라도 혼란스러울 수밖에 없을 것이다.

이렇게 '변화'로 이 책의 이야기를 시작한 이유는 우리가 현재 코로나19로 인해 큰 변화를 겪고 있기 때문이다. 코로나19가 처음 세상에 드리웠을 때, 사람들은 그 위기에 쉽게 적응하지 못했다. 매일 비슷하게 살아오던 사람들이 감당하기에는 큰 변화였기 때문이다. 일상생활에 제약이 생겨나고, 익숙하지 않음이 불편함을 불러왔다. 그건 나 또한 마찬가지였다. 하지만 그 불편함은 어느덧 나의 삶 속에 녹아들어 익숙해졌다. 그리고 그 과정에 적응해나가면서 처음보다 불편함을 덜 느끼게 되었다고 생각한다.

온라인 수업

3월 2일, 나의 고등학교 첫 새 학기가 시작되려 했다. 하지만 매년 봄과 함께 찾아오던 개학 날은 코로나로 인해 무산되고 말았다. 1차, 2차, 3차에 걸친 개학 연기로 인하여 우리는 3월이 모두 지나갈 동안 개학조차 하지 못했다. 이에 3월 개학을 당연하게 생각해왔던 나는 큰 혼란스러움을 느꼈다. 그렇게 혼란스러움을 느끼는 사이 개학이 계속 미뤄졌지만, 언제까지나 개학을 미룰 수는 없는 상황이었다. 나 역시 원래 세워놓았던 공부 계획이 있기도 했고, 학교도 원래 예정되어 있던 학사 일정이 많아 보였다. 이런 생각을 한 것이 나뿐만이 아니었는지 곧바로 해결책이 나왔는데, 그것이 바로 온라인 수업이었다. 온라인 수업은 등교할 수 없는 지금과 같은 상황을 고려했을 때 어쩔 수 없는 방법이었다고 생각한다. 하지만 등교해서 수업을 듣는 것이 당연했던 나에게 온라인 수업은 정말 당황스럽게 다가왔다. 이런 당황스러움을 느낀 것은 나 혼자만이 아니었다. 모두가 살면서 처음으로 맞닥뜨리게 된 온라인 수업은 진행 방법에 있어서 혼란스러움과 실수를 남겼다.

그러나 그 혼란도 오래가지는 않았다. 학생들도 선생님들께서도 모두 온라인 수업에 적응하기 위해 노력했다. 아침에 일어나자마자 컴퓨터를 켜는 것은 습관이 되어버렸고, 인터넷 강의에서 흘러나오는 목소리에 귀를 기울이는 것 역시 당연해졌다. 그 학생 중 한 명이었던 나는 온라인 수업은 누군가가 지켜보지 않아서 편하게 수업을 받을 수 있지만, 그렇기에 몸과 마음이 모두 해이해져 게을러지기 쉬워질 수도 있다고 생각했다.

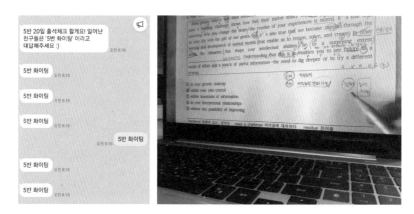

📷 출석 체크 하기(왼쪽), 온라인 수업 듣기(오른쪽)

하지만 편함이 좋아서 온라인 수업이 좋은 것도, 게을러지는 것이 싫어서 온라인 수업이 싫은 것도 모두 학생들의 생각일 뿐이었다. 코로나로 인해 온라인 수업을 시작하고 난 후, 학생들의 출석을 확인하고, 출석 체크를 하지 않은 학생들에게 연락을 보내고, 수업에 사용할 영상을 촬영하는 등 선생님의 일은 배가 되었다. 학생들을 가르치는 선생님의 몫이 온라인 수업으로 인하여 더욱 커져 버린 것이었다. 하지만 선생님들은 대단하셨다. 바뀐 일상들이 혼란스러우셨을 수 있음에도 불구하고 학생들을 든든히 지탱해주셨다. 누구나 변화로 인한 위기를 맞이하게 될 때, 당황스럽고 부담스럽다. 그래서 어려운 상황임에도 학생들을 이끌어가시고, 온라인 수업을 준비하시는 선생님들의 용기와 노력이 대단하다고 생각했다. 그리고 그런 선생님들의 용기와 노력에 학생인 우리가 큰 부담감 없이 온라인 수업에 적응할 수 있었다고 생각한다.

불편함이 익숙해지는 과정

\#

4월이 지나고, 어느덧 5월과 함께 첫 등교에 대한 소식이 들려왔다. 모두 언제까지나 온라인 수업만을 하고 있어서는 안 된다는 것을 알고 있었다. 하지만 그와는 별개로 코로나 이후의 첫 등교는 조심스러웠기에 이에 대한 찬반이 크게 불거졌다. 하루라도 빨리 등교해야 한다는 찬성 측과 아직은 조금 이르다는 반대 측. 그 두 의견의 승자는 바로 찬성 측이었다. 그렇게 우리의 2020년 첫 등교의 날짜가 정해졌다.

코로나라는 큰 위기로 인해 등교에는 많은 불편함이 생겼다. 등교 전에는 꼭 자가 진단을 하고 등교할 때는 당연하게 마스크를 써야 했다. 또한, 학교에 도착한 후에는 체온을 측정하고, 손 소독제를 바르고, 사회적 거리 두기를 실천했다. 코로나 확산을 방지하기 위해 매점 이용은 할 수 없게 되었고, 야간 자율학습 또한 중지되었다. 처음 등교해서 맞이한 학교는 이상하리만치 갑갑한 느낌이 들었다. 어딘가 좁고 어둡고 막막한, 평소와는 다른 모습을 한 학교가 마냥 낯설고 불편하게만 느껴졌다. 학교생활 중 많은 부분에 제약이 생겨났고, 코로나 확산을 막기 위해 이전과는 다른, 새로운 생활을 해야만 했다. 이것들이 어쩔 수 없는 일임을 알고 있었으나 나의 첫 등교는 답답함과 불편함으로 기억되었다.

여름의 무더움이 찾아온 지금, 첫 등교 이후 한참의 시간이 흘렀다. 미뤄진 등교 개학만큼이나 미뤄진 중간고사, 기말고사와 같은 일정이 많았다. 그것을 모두 소화하기 위해 시간이 흘러가는 것을 인지하지 못할 만큼 하루하루를 바쁘게 지냈다. 그러한 시간을 거듭하고 마스크 쓰기처럼 처음에는 마냥 불편하게만 느껴지던 방역수칙들이 지금은 모두 당연하게 받아들여지게 되었다. 그리고 점차 나는 그것들에 익숙해져 갔다.

📷 불편하게만 느껴졌지만,
이제는 익숙해진 손 소독제와 마스크

\# 어떤 선생님이 되고 싶은 것일까?

　꿈이라는 목표에서 선생님이라는 직업의 명칭보다 어떤 선생님이 되고 싶은지가 중요하다고 생각한다. 그 이유는 '어떤'이라는 수식어가 나를 표현하는 것이라고 생각하기 때문이다. 그래서 코로나로 인해 비어버린 시간 동안 가장 많이 던진 질문이 '나는 어떤 선생님이 되고 싶은 것일까?'일지도 모른다. 사실 처음 이 질문을 떠올렸을 때는 아무것도 생각나지 않아 어버버 거리기만 했었다. 내가 어떤 선생님이 되고 싶은지에 대해 딱히 떠오르는 것이 없었을 뿐만 아니라 선생님이라는 그 직업이 되고자 하는 마음까지도 흔들리고 있었기 때문이다. 하지만 코로나로 인해 비어버린 시간 동안 꿈에 대해 조금 더 많이 생각하고, 조사하면서 그 꿈에 대해 알아보았다. 선생님이라는 직업에 대해 알아보면 알아볼수록 선생님이 되고자 하는 마음이 더욱 커졌다. 또한 코로나가 찾아온 힘든 시기임에도 꿋꿋하게 우리를 지탱해주시는 선생님들의 모습에 대단하다는 감정을 품기도 했다. 그러한 생각과 감정들이 뒤섞여 선생님이라는 나의 꿈을 더욱더 단단하게 만들어주었다. 그렇게, 선생님이 되고자 마음을 굳힌 지금, 조금 수월하게 '어떤'이라는 수식어를 붙일 수 있게 되었다.

내 꿈에 '어떤' 수식어를 붙이는 과정

세상에 코로나와 같은 그림자가 드리운다면 학교 또한 그림자의 영향을 피해갈 수 없을 것이다. 그리고 그렇게 된다면 지금처럼 학생들과 그들을 지도해야 하는 선생님들께서도 그림자의 영향을 크게 받게 될 것이다. 이는 코로나로 겪고 많이 바뀌어버린 학교의 모습을 보고 깨달은 것이었다. 또한, (이런)바뀐 학교의 모습이 우리의 안전을 위해 노력하신 선생님들의 공이라는 것을 잘 알고 있다. 그렇기에 선생님들을 본받아 나도 학생들을 위한 안전 교육에 힘쓰는 선생님이 되고 싶다는 생각이 들었다.

또한, 코로나 사태로 인하여 꿈에 대해서 많은 생각을 하다 보니 초등학생일 적부터 고등학생이 될 때까지 나를 가르쳐주신 선생님들이 많이 생각났다. 나 또한 선생님들의 도움을 받으며 성장해온 학생으로

📷 코로나 이전의 교실(위)과
이후 교실(아래)

서 선생님들께서 학생들에게 해주시는 조언과 응원, 공감이 얼마나 많은 도움이 되는지 안다. 그렇기에 선생님들께 감사하는 마음을 가지고, 그분들을 본받아서 학생들에게 아낌없는 조언, 응원, 도움, 공감을 해줄 수 있고 꿈을 펼칠 수 있도록 도와줄 수 있는 선생님이 되고 싶다.

'나 스스로가 학생들을 위한 안전 교육에 힘쓰는, 그리고 학생들이 꿈을 펼칠 수 있도록 도와줄 수 있는 선생님이 되기를…'

수빈, **守彬**, 빛을 지키다

　빛을 지킨다는 것은 나 자신을 빛나게 만들 수도 있다. 하지만 내가 지킨 그 빛을 나누어 주거나 남에게 빛을 지키는 방법을 알려준다면 다른 사람들과 함께 빛날 수도 있다. 그렇기에 '빛을 지키다'라는 뜻을 가진 나의 이름처럼, 학생들에게 자신을 빛내는 방법, 그리고 그 빛을 지키는 방법을 알려주고 싶다. 그러기 위해 나 스스로가 학생 개개인의 재능과 꿈을 빛내 줄 수 있는 교사가 되기를 바란다.

Epilogue

내가 선생님이 되기로 한 이유는 무엇일까?

어릴 적 꿈 중 하나에 불과했던 선생님이라는 그 직업이 현재의 꿈이 된 이유는 누군가에게 내가 아는 것들을 가르쳐주는 것이 좋았고 그것만큼 뿌듯하고 보람찬 일이 없다고 생각한 적이 많았기 때문이었다. 하지만 앞서 말했던 이유가 단순하기에, 쉽게 꿈이 바뀔지도 모른다는 생각이 많이 들었다. 그리고 선생님이 되고 싶어 하는 학생들이 많아 더더욱 나라는 사람이 선생님이 될 수 있을까에 대한 의문점도 컸다. 그렇기에 이 책에 내 진로에 관한 이야기를 넣게 되었다.

이 책을 쓰기 전, 내가 선생님이 되고 싶은 이유에 대해서 생각했다. 그리고 이 글을 쓸 때, 코로나와 같은 질병으로 인하여 변화한 세상에서 선생님이 될 나의 모습을 떠올리면서 나는 어떤 선생님이 되고 싶은가에 대해 생각해보았다. 이 책을 쓰기 위해 내가 평소에 생각해보지 못한 것을 생각하게 된 것이다. 그렇기에 나의 꿈을 담은 이 책이 더없이 소중하다.

서 지 예

2004. 10. 09.

인천에서 태어나 대구에서 자랐으며

바다를 매우 좋아한다.

그래서 좋아하는 색도 파랑이다.

대체로 집에서 쉬는 것을 좋아한다.

음악을 듣는 것이 인생의 낙이고

열일곱 살부터 사서를 꿈꾸고 있다.

2020년 열일곱 살이 되어

시지고등학교 도서부의 일원이 되었다.

사서, 고생 중

WRITTEN/PHOTO BY 서지예

Prologue

📷 신간도서 코너는 내가 도서관에서 가장 좋아하는 곳이다. 깨끗한 책들이 가지런히 놓인
모습이 매우 보기가 좋고, 새로운 책들은 도서관에 활기를 가져다주는 기분이 든다.

2020년, 새롭게 시작한 고등학교 생활과 더불어 사서라는 꿈이 마음속에 자리했다.
사서를 나의 직업으로 삼고 싶은 소망이 이토록 간절한데, 너무 막연하게만 느껴져서
글을 써 내려가며 이를 정리하고 표현하려 한다. 제목인 '사서, 고생 중'은 말 그대로
사서의 일이 고되고 힘든 직업이라는 의미이기도 하지만 다른 의미도 있다.
내가 사서로 진로를 정한 이후 주변 사람들에게 좁은 길로 가고 있다는 말을 많이
들어서 마치 '내가 사서 고생하고 있는가'라는 생각이 들었던 적이 많아 이러한
이중적인 뜻도 담고 싶었다. 앞으로 나올 내용이 내 미래와 더불어 사서를 꿈꾸는
학생들에게 작은 도움이 되기를 바라는 마음으로 본격적인 이야기를 시작하려고
한다.

J O B
탐색기

2020년, 전 세계가 힘들었고 지금도 여전히 힘들어하고 있는 해다. 그리고 코로나로 인해 세계적인 피해를 보아 경제나 환경 부분에서 많은 것이 바뀌고 있다. 그리고 그에 비하면 작은 변화이지만 올해 들어 나의 진로도 새롭게 바뀌었다. 먼저 내 진로의 변화 과정을 읊어보자면 초등학교 저학년 때는 약사, 고학년 때는 아나운서, 중학교 때는 세무사를 꿈꿨다. 모두 진정으로 나의 미래 직업이 되기를 바랐지만, 그 진로에 대해 꿈꿀수록 나와 맞지 않는 진로라는 생각이 들었고 진로 선택에 별다른 동기가 없었기에 매번 포기하곤 했었다. 또, 매년 학교 진로 탐색 시간에 실행한 진로 적성 검사의 결과들에도 흥미가 느껴지지 않아 점점 미래에 대한 불안감이 생겨났다.

그러다 중학교 3학년 때, 진로 선생님의 권유로 진로 포트폴리오 대회에 참가하게 되었다. 포트폴리오를 만들기 위해 여태까지 했던 진로 적성 검사의 결과지와 각종 상장을 모아 나의 진로에 대해 진지하게 생각해보는 시간을 가졌다. 예전에는 별로 도움이 되지 않는다고 여겨졌던 결과들인데, 다시 보니 여러 공통된 부분들이 새롭게 보였다. 항상 관습형에 높은 점수가 나타났고, 추천 직업에는 세무사, 사서, 공무원, 은행원 등이 있었다. 직업들을 쭉 살펴보니 세무사와 사서라는 직업에 마음이 끌렸다. 고민 끝에 대회에 참가할 진로를 세무사로

정하고, 포트폴리오를 만들어
제출하게 되었지만 그 과정을
거치면서 오히려 세무사보다는
사서가 나에게 더 맞는 것 같다
는 생각이 들었다. 왜냐하면 세
무사는 장기적으로 보면서 개
인 사무실 창업까지 고려해야
하므로 약간의 모험이 필요하
다고도 생각이 드는데, 사서는
이미 설립된 도서관에 들어가

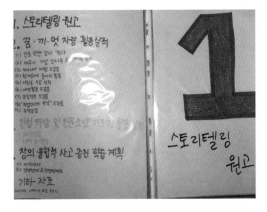

포트폴리오 대회에 제출했던 파일의 일부분.
세무사와 관련하여 작성하였다는 것을 알 수 있다.

도서관장의 밑에서 일하는 직업이어서 그런지 조금 더 안정된 직장에서 일한다
는 느낌을 주었기 때문이다. 또한 도서관은 나에게는 매우 흥미로운 공간이기에
사서가 되어 도서관에서 일한다는 것 자체가 매력적이었다. 그러나 중학교 때는
사서에 대해 막연하게 생각만 했을 뿐 사서가 되기 위해 대학이나 선택 과목을
정하는 등 구체적인 계획이나 행동은 취하지 않았다.

맨 첫 줄에도 언급했듯 올해 초 코로나가 전 세계적으로 심각해지면서 대면을
최대한 피하고자 사람들이 많이 모이는 장소를 포함하여 집 밖으로의 외출 자
체가 많이 제한되었고, 그로 인해 자연스레 집에만 있게 되었다. 이에 따라 고등
학교 등교 개학도 밀리게 되었고 의도치 않게 시간이 많아져 이참에 진로에 대
해 조금 더 깊게 생각을 해보았다. 사서가 정말 나에게 맞는 직업인지, 사서가 되
는 준비과정을 잘 해낼 자신이 있는지를 진지하게 고민해보았다. 그렇게 사서에
대한 정보를 조사하던 중 국회도서관에서 일하시는 사서 분의 인터뷰를 우연히
보게 되었다. 국회도서관 사서는 대한민국 최대 규모의 도서관인 국회도서관을
관리하는 분이셨다. 국회도서관을 담당하시는 사서 선생님께서 맡고 계시는 업
무 내용과 일을 할 때의 감정 등을 담은 인터뷰라서 그런지 그 인터뷰를 처음 본

순간 정말 심장이 빨리 뛰었다. 도서관의 수호신이라 표현할 수 있는 사서의 일이 매우 멋지고 재미있게 느껴졌고, 미래에 사서가 되어 이 역할을 직접 맡아 책임감을 가지고 일하는 내 모습을 생각해보니 매우 설레었다. 순간 사서의 길을 걸어가고 싶다는 생각이 번뜩 들었다. 도서관을 이용하는 다양한 연령층에게 도서관을 소개하고, 외부의 프로그램이나 소식을 도서관에서 소개하는 일은 마치 사서가 도서관과 사회의 징검다리 역할을 한다고 느껴졌다. 특히 작가님을 초청하고 유익한 영화를 상영하는 등의 도서관 프로그램을 사서가 계획한다는 것은 기존에 알고 있던 정보가 아니라서 이는 사서에 대한 나의 기대를 더욱 높였다.

이렇게 진로가 정해지고 나니 안정된 직장에서의 나를 상상해 보게 되었는데 내가 꿈꿔온 삶에 더 가까워질 수 있을 것 같아서 기분이 좋았다. 꿈이 생긴 덕분에 설레지만 동시에 두렵기도 했던 고등학교에 얼른 입학하고 싶다는 생각이 들기까지 했다. 또 사서가 되기 위한 다양한 경험을 해보고 싶은 마음이 들어 설레었다. 여태까지 내가 가졌던 진로에는 모두 불안감만 있을 뿐 이에 대한 기대감은 잘 들지 않았는데, 그런 부분에서 사서는 이전의 진로들과는 다르게 미래에 대한 기대감과 설렘을 주었다. 그래서 마침내 나의 진로는 사서가 되었다. 국회도서관 사서라는 직업은 나에게 사서라는 길을 밝혀준 빛으로 남아 있기에, 나는 그 직업을 항상 동경하며 살아갈 것 같다.

LIFE
#Librarian

사서라는 직업을 네이버 지식백과의 두산백과에서는 이렇게 정의했다. '사서는 각종 도서관과 자료실, 정보기관에서 이용자의 정보 요구를 충족시키기 위해 문헌을 관리하고 대출 서비스 및 필요 정보를 제공하는 전문 직종이다.' 정의대로 요약해보면 사서의 일은 대출 서비스 및 필요 정보 제공이라고 말할 수 있겠지만 막상 경험해보면 사서의 일은 더 다양하다.

쓰담쓰담 동아리에 들어오게 되면서 자연스레 사서 역할을 경험해볼 기회를 얻게 되었는데, 1학기 때 일주일 동안 봉사를 하면서 정작 나는 대출·반납 활동을 한 번도 해보지 못했다. 물론 교대를 하면서 다양한 활동을 하게 되니 내 차례가 오지 않은 것뿐이고, 2학기가 되면서 대출·반납 활동을 해보았다. 하지만 이는 배정 인원수로 봤을 때 반납된 책을 정리하고, 또 코로나로 더욱 강조되고 있는 방역을 위해 소독기에 책을 넣고 소독을 시키거나 소독 티슈로 책 표지를 닦는 등 책을 소독 하는 일에 오히려

📷 도서부원으로서 봉사 활동에 참여하고 있는 모습

더 많은 인원의 손길이 필요하다는 것을 의미하기도 한다.

코로나로 많은 직업의 업무 형태가 변하고 있는데, 사서의 업무 또한 많이 변화되었다. 코로나의 주된 감염경로인 비말을 차단하기 위해 대화를 최대한 줄여야 하는 상황이므로 평소보다 더 정숙한 분위기를 만드는 것 또한 사서의 몫이었다. 이렇듯 코로나 시기의 사서의 업무는 도서관의 온라인화와도 많은 관련이 있었다. 코로나로 인해 현재 많은 도서관에서는 온라인으로 대출 신청을 받고, 드라이브스루로 책을 대출해 주는 일도 생겼다. 도서관에서 열리는 책, 진로 관련 행사들도 비대면 식으로 이루어지고 있다.

사람들은 대부분 사서가 여유롭고 책을 많이 읽을 수 있는 직업이라고 생각하지만, 실상은 무거운 책을 많이 옮겨야 하고 독서 관련 프로그램도 도맡아 운영해야 하며, 도서관을 관리하다 보면 책을 읽을 시간도 거의 없는 편이었다. 대출·반납의 업무가 중요하지 않다는 것은 아니지만 사서가 그저 편하게 책상에 앉아서 바코드만 찍는 직업은 아니라는 말이다. 이렇듯 일이 많아 쉴 여유가 거의 없으므로 처음 사서를 꿈꿀 때 상상했던 도서관에서 책을 만끽하는 사서의 모습은 기대하지 않는 편이 낫겠다는 생각이 들었다.

물론 책을 많이 못 읽는다고 해서 사서가 되고 싶지 않은 것은 아니다. 업무 시간에 책을 많이 읽고 싶어서가 아닌 사서라는 직업 자체에 끌렸기 때문이다. 여유로운 사서의 모습도 좋을 것 같지만 도서관의 관리자가 되어 이용자들에게 서비스를 제공하는 사서의 모습도 정말 매력적이라고 생각한다.

📷 시지고등학교 도서관의 서가다. 도서관이 중학교 때보다 훨씬 커서 책도 훨씬 다양하다. 정리할 땐 힘들지만 그만큼 도서관에서 다양한 정보를 얻을 수 있다.

먼저 진로를 '사서'로 정하고 입학 후 학교에서의 모든 활동의 방향을 잡아나갔다. 희망 진로를 모두 사서로 적어냈고 수행평가 등의 학교 활동들도 사서와 연관지을 수 있는 것을 하려고 노력했다.

동아리 모집 공고를 보고는 도서부인 쓰담쓰담을 보자마자 지원해야겠다는 생각이 들었고, 다른 동아리는 내 진로와 많은 관련이 없어 이곳에 꼭 붙길 바랐다. 동아리 활동을 진행할수록 동아리에 정말 잘 들어왔다는 생각이 들었는데, 이유는 반납된 책 정리하기, 대출해 주기 등의 도서부 활동에 참여할수록 흥미롭고 재미있게 느껴져서 '사서라는 직업이 나한테 잘 맞는구나'하는 미래에 대한 확신이 계속 생겨났기 때문이다.

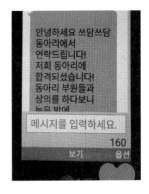

📷 동아리 합격 문자를 받고 기뻐했던 기억이 난다.

또한, 활동에 열심히 참여하는 나 자신이 뿌듯하기도 했다. 한편으로는 코로나만 아니었으면 집 주변 도서관에서 봉사하거나 더 많은 활동을 할 수 있었을 것 같아 아쉬운 마음도 들었다. 하지만 모두가 '코로나'라는 같은 상황에 놓여있으므로 나는 내 진로에 가까워지기 위해 지금 내가 할 수 있는 최대한을 해볼 생각이다.

앞에서도 언급했듯이 지금은 사회적 거리두기를 지켜야 하는 상황인 만큼 외부 봉사 활동을 할 수 없다. 그러므로 나는 학교 도서관에서 열심히 봉사 활동에 참여하면서 사서의 업무를 익혀볼 생각이다. 2학년 때도 이 동아리의 부원으로 남아 있을 생각이기에 꾸준히 최선을 다해볼 것이다. 진로에 대한 조언을 얻고자 하거나 다른 도움이 필요하다면 사서 선생님께, 혹은 진로 선생님께 여쭈어보면서 배우고 싶다.

코로나 시기에 '사서'라는 꿈에 좀 더 다가가는 방법은 봉사 활동 외에도 다양한 것이 있었다. 일단 사서와 가장 가까운 매체인 책을 통해 사서에 대해 알아볼 수 있었다. 생활기록부에 적힐 독후감을 쓰기 위해 문헌정보학과 관련된 책이 있는지 학교 도서관에서 찾아본 적이 있었는데 생각보다 책이 많아 놀랐었다. 일단 학교 도서관에서 그 책들을 대출하여 읽어본 후 독후감을 쓰면서 새롭게 알게 된 정보나 나의 감상 등을 정리해보면 미래에 도움이 많이 될 것 같아 시도해 보려고 한다. 또한 사서와 관련된 책만 읽는 것이 아니라 다양한 분야의 책을 많이 읽어두면 미래에 여러모로 좋을 것 같다.

도서관에서의 봉사 활동은 할 수 없지만, 도서관에 방문을 해볼 수는 있다. 학교 도서관을 제외하고 주변에 있는 가장 가까운 도서관은 고산도서관인데, 지금은 부분 개관이 되어 도서관의 분위기를 느끼면서 독서를 할 수는 없었다. 그래도 대출과 반납은 가능하니 사서의 역할을 도서관 이용자의 시선으로 바라보며 서비스에 대한 것들을 배울 수있을 것이다.

코로나로 많은 것들이 제한되었지만 꿈을 향한 노력을 멈출 수는 없다. 지금부터 최대한 내가 할 수 있는 것들을 하며 사서라는 내 꿈을 향해 계속해서 나아갈 것이다. 그 과정이 순탄하지 않을지라도 말이다.

📷 저녁 즈음에 찍은 고산도서관의 외관

Epilogue

우선 내가 어느 책의 한 부분을 채웠다는 것이 실감이 나지 않는다. 그 이유는 생각보다 어렵지 않게 해냈기 때문이다. 책쓰기라 하면 무언가 거창하고, 어려운 어휘를 사용하고, 심오한 내용을 담아야 한다고 생각했었는데 직접 참여해보니 꼭 그렇지만은 않았다. 아직 내가 쓴 이야기를 다른 사람에게 보여준다는 것이 약간은 부끄럽고 쑥스럽지만 이를 세상에 보여주지 않는다면 나의 역량은 책쓰기로 나아가지 못하고 글쓰기에서 멈추게 된다. 당당하게 내 이야기를 세상에 드러내어 작가라는 타이틀을 내 이름 옆에 달고 싶다.

사실 나는 동아리의 활동 중에서 책쓰기 보다는 도서부로서의 활동을 더 기대했었는데, 이렇게 완성하고 나니 책쓰기 활동 또한 매우 멋지다고 느끼게 되었다. 이 이야기를 쓰기 전까지는 막연하게 현재와 미래의 나에 대해 생각만 했었다. 그러나 이렇게 문장으로 생각을 표현하고 추상적인 계획을 구체화하니 조금은 더 사서에 가까워진 기분이 든다. 이를 통해 다시 한 번 문자의 힘을 느낀다.

이 내용이 머지않아 현실로 이루어지길 바란다. 3년 뒤, 이 책을 다시 보게 되었을 때 이러한 생각을 하고 계획을 세운 나 자신을 뿌듯하게 여길 수 있길 소원하며 나의 이야기를 마친다.

이승민

2003. 01. 28.

2019년 시지고등학교 입학

나이 : 글을 쓸 당시 열여덟 살

특기 : 100m 달리기

취미 : 음악 감상

진로 희망 : 영어영문 계열

방구석 상담소

WRITTEN/PHOTO BY 이승민

Prologue

2020년에는 사람들이 모두 알 만한 코로나라는 아주 큰 사건이 일어났다.
그래서 집에서 보내는 시간이 늘어 혼자 나의 진로에 대해 생각해보게 되었고,
그 과정을 지금 글로 표현해보고자 한다.

📷 코로나 때문에 집에서만 공부하게 돼서 그런지 책상 위가 많이 지저분해졌다.

생 강
활 제
시 집
작 순
이

2020년 2월의 어느 날, 다른 날과 다를 것 없이 독서실에서 공부하고 있었다. 분명 아침을 많이 먹고 집을 나섰는데, 어떻게 단 두 시간 만에 배가 고파지는 걸까? 배가 고프면 두뇌 회전이 힘들기 때문에 집에 가서 엄마가 해주는 맛있는 밥을 먹으려고 했다. 그런데 내가 독서실에서 나서자마자 전화벨 소리가 울렸다. 벨소리의 주인공은 엄마였다. (♪♩♬♪♩♬♩♪♩♬)

"어 엄마, 안 그래도 배가 고파서 밥 먹으러 집에 가려고 했는데,"

"너 독서실 광장에 있잖아. 광장 성삼병원 근처가 코로나 확진자 동선이랑 겹친다고 하더라. 그쪽으로 지나가지 말고 반대로 돌아가는 게 좋겠어."

"응 진짜? 알겠어. 조심할게."

분명 어제까지만 해도 코로나 확진자에 대한 뉴스는 중국이나 서울의 이야기였는데, 우리 동네에 확진자가 생겼다니….

엄마가 걱정이 가득한 목소리로 나에게 말씀하셨다.

"밖에 안 나가는 게 좋겠더라. 당분간은 독서실도 가지 말고 학원도 잠깐 쉬어라. 친구들이랑 약속도 잡지 말고."

"알겠어. 독서실에서 짐 가져올게."

전화를 끊고 나니 한숨이 절로 나왔다.

당분간은 집에서 지내야만 했던 나는 공부에 집중하기 어려울까봐 걱정이 되었다. 엄마한테 독서실을 계속 다니고 싶다고 말씀을 드리고 싶었지만, 나를 걱정하는 엄마의 마음을 알기에 그럴 수 없었다.

확진자는 날이 갈수록 늘어났고, 모두가 마스크를 쓰지 않는 사람들을 손가락질했다. 무엇보다 나에게는 독서

📷 독서실에서 짐을 잔뜩 들고 온 내 모습

실에 갈 수 없게 된 것이 가장 큰 문제였다. 독서실이 아니면 집중하기가 어려웠기 때문이다. 고민 끝에 수학숙제를 해놓기로 결심하고 샤프를 들었다. 문제를 읽고 계산을 했다. 하지만 계산 실수를 했다. 한 번 계산 실수를 하고 나니 풀기가 싫어졌다. 책을 덮었다. 이렇게 공부하는 건 의미가 없다고 생각했다. 공부 말고 다른 의미 있는 일을 하고 싶었다. 공부보다는 아주 조금 재미있는 일. 하지만 학생인 나에게 공부 외에 의미 있는 일이 무엇이 있을까? 이렇게 자문하고 나니 한숨이 절로 나왔다. 정말 내가 할 수 있는 게 공부 말고는 없는 걸까 하는 생각이 들었다. 결국 침대에 누웠다. 역시 할 게 없을 땐 누워서 아무것도 안 하는 게 제일 재밌다.

며칠간 이 일상이 반복되었다. 밥을 먹고 숙제는 아주 조금 하다가 질리면 금방 침대에 눕고, 누워서 이런저런 생각을 하다가 낮잠이 들고. 친구들이랑 전화하다가 끊고 나면 마음이 공허해지고, 다시 밥을 먹고 누워서 또 생각만 하다가 잠이 든다. 그러다, 개학이 미뤄졌다는 소식이 들려왔다. 반 배정도 나오고, 선생님도 정해졌는데, 학교에 갈 수가 없었다. 담임선생님께 나에 대한 소개를 리로스쿨을 통해 올려야만 했다.(여기서 리로스쿨이란 학급 홈페이지처럼 나의 과제나 학습 이력 등을 기록하는 온라인 사이트이다) 나의 가족관계, 취미, 특기 등을

차근차근 수월하게 써 내려갔다, 한 항목만 제외하고 말이다.

"희망 학과"

음, 작년에는 윤리 교사가 되고 싶긴 했는데.

윤리교육과를 몇 번이나 썼다가 지웠다. 윤리 교사라⋯. 분명 작년에는 생활기록부에 한 번도 망설이지 않고 나의 진로 희망으로 윤리교육과를 썼었는데, 갑자기 윤리 교사에 대한 자신이 없어졌다. 이렇게 단숨에 질릴 거였으면 처음부터 당당하게 하고 싶다고 하지 말았어야 했나? 노트북을 덮고 곰곰이 생각해보았다.

나는 언제부터 윤리 교사가 되고 싶었을까? 교사가 되고 싶다고 생각하게 된 계기는 무엇일까? 교사가 하고 싶었던 건 맞지만, 윤리라는 과목을 배우기 위해 내가 작년에 무슨 노력을 했었지? 한꺼번에 수많은 물음표가 머릿속을 채우면서 나는 혼란스러워졌다. 그리고 마지막 질문을 던졌다.

나는 정말로 윤리 교사가 되고 싶은 걸까?

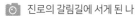
진로의 갈림길에 서게 된 나

들통난 가짜 장래 희망, 찾아야 하는 진짜 장래 희망

너무 갑작스럽긴 했지만, 내가 작년부터 쭉 원했던 장래 희망이 한순간에 사라졌다. 내 진로에 대해 진지하게 생각할 시간이 부족해서 그런가? 엄마가 과일을 주시면서 이에 대해 얘기해 보자고 하셨다.

"갑자기 윤리 교사가 하기 싫어졌어? 웬일이래, 작년에 우리가 뜯어말릴 때도 너는 확고하게 윤리교육과에 가겠다고 그랬잖아."

"그렇긴 한데, 단순히 윤리가 다른 과목보다 재밌어서 충동적으로 하고 싶었던 것 같아. 그때는 별로 하고 싶은 것도 없었고, 흥미 있는 과목도 딱히 없었으니까. 작년에는 생활기록부를 채우기 위해 가짜 진로 희망을 적은 것일지도 몰라."

"하긴, 생활기록부에 진로를 적지 않으면 불리하긴 하지…. 아휴~ 그래서 너는 지금 무얼 하고 싶은데? 하고 싶어진 일은 있어?"

"음, 하고 싶어진 일?"

이제 가짜 장래 희망은 버리려고 한다. 정말로 내가 잘할 수 있는, 내가 좋아하는 일을 하고 싶다. 난 무엇을 잘할 수 있는지, 현재의 나는 무슨 과목을 제일 좋아하는지, 어떤 과목에 가장 자신이 있는지 고민해보았다. 그러다 과거의 나는 어땠는지 생각해보게 되었다. 내가 무얼 잘할 수 있을지 곰곰이 생각해보다가 문득 어릴 때의 내가 떠올랐다. 혼자 피식 웃었다. 잔머리 하나 없이 바짝 묶은 포니테

일에 투명한 핑크색 안경을 끼고, 빨간색 키플링 가방을 멘, 딱 초등학생 이승민의 모습이었다. 그때 당시에는 모든 미술대회 상을 다 휩쓸었고 친구들도 항상 나를 그림을 잘 그리는 아이로 기억해주었다. 미술뿐만 아니라 운동도 또래 여자아이들보다 잘하는 편이었고, 반장 또는 부반장을 항상 맡았다. 친구들이랑도 항상 잘 어울렸다. 그런데 지금의 나는 자존감이 바닥난 평범한 고등학생처럼 느껴졌다.

'음 어릴 때부터 좋아하던 걸 다시 찾으려고 했더니, 괜히 생각만 더 많아지네. 그리고 어릴 때 좋아하던 건 전부 다 예체능 쪽이잖아.'

예체능이 나쁘다는 건 아니지만, 개인적으로 지금의 나는 예체능을 진로 희망으로 생각하기엔 열정도 너무 부족하고 경험도 적다고 생각한다. 무엇보다도 입시가 얼마 남지 않았는데 뒤늦게 예체능을 시작하는 건 신중히 생각해봐야 할 문제인 것 같았다.

미술 말고 또 내가 어릴 때 잘하던 것이 뭔지 생각해보았다. 방안을 둘러보다가 어릴 때 자주 보던 영어 애니메이션 CD들을 책장에서 발견했다. 얼마나 오래된 건지, 먼지가 가득 쌓여있었다. CD를 꺼내서 표지를 찬찬히 훑어보았다.

📷 어릴 때의 추억이 가득한 애니메이션 CD들

친구들과 달리 나는 일본 애니메이션이랑은 별로 친하지 않았다. 대신 아빠가 항상 틀어주시던 영어로 된 애니메이션을 꾸준히, 몇 년을 봤다. 애니메이션 속에는 크게 재밌는 요소도 없었고, 알아들을 수 없는 영어가 대부분이었지만, 똑같은 편을 계속 보다 보니 자연스럽게 이야기를 이해하게 되었다. 덕분에 영어 발음도 많이 늘었던 것 같다. 그 이후에는 아빠가 화상영어를 추천해주셔서 외국인과 자유주제로 회화하는 시간을 주기적으로 가졌다. 처음에는 외국인과 대화를 하는 게 마냥 무섭기만 했는데, 습관처럼 하다 보니까 대화가 익숙해졌고, 아는 단어를 조금 더 활용할 수 있게 되었다. 이렇게 보니 나는 영어를 정말 자주 접했던 것 같다. 그런데 시간이 지나면 지날수록, 영어에 대한 내 생각이 변했다. 영어는 수능을 풀기 위해서 단어를 최대한 많이 알아야 하는, 주제를 최대한 빨리 파악해야 하는, 그런 지루한 과목이 되어버렸다. 어릴 때는 그나마 영어에 대한 흥미를 잃지 않았는데….

사실 학교 시험에 나오는 영어는 크게 자신이 없다. 단어들도 너무 어렵고 회화 수업은 거의 없으니까. 그나마 문법이나 독해보다는 회화가 자신 있었는데. 누구든 싫어하고 자신 없는 분야보다는 잘하는 분야를 더 하고 싶어 하듯 나도 마찬가지였다. 차라리 수업 시간에 어릴 때처럼 원어민 선생님들과 신나게 이야기를 한다면 좋을 것 같았다. 하지만 그런 영어는 학교 수업과는 거리가 멀다.

어른이 되어 내가 관심 있는 분야를 공부하는 모습을 상상했다. 희망 학과를 영어영문 계열로 정하고, 나중에 직업도 영어와 관련된 걸 한다면, 대학 생활이 정말 재밌을 것 같다. 학점을 높게 받아서 교환학생으로 외국을 갈 수 있는 기회를 얻으면 얼마나 좋을까. 낯선 환경에 적응하긴 쉽지 않겠지만, 배움을 목적으로는 여행을 가본 적이 없어서 다녀온 뒤 나의 영어 실력이 발전된 것을 몸소 느껴보고 싶었다. 평소에 모국어 외에 다른 언어를 멋지게 구사하는 사람을 보면 정말 멋있다고 생각했기 때문이다. 그 언어가 우리에게 가장 익숙한 영어라 해도 말이다.

아까 내렸던 리로스쿨 창을 빠르게 펼쳤다.

"희망 학과를 적어주세요."

→ ○○대학교 영어영문학과

엄마가 나를 부르신다.

"승민아, 와서 사과 좀 먹어~"

"응 갈게~"

사과를 먹으면서 엄마는 조심스럽게 나에게 물었다.

"그래서, 희망 학과였나 진로란 이었나, 그건 썼어?"

"응, 영어영문학과 썼어. 어때?"

"오, 웬 영어? 하긴 어릴 때부터 해온 게 있으니까. 잘 생각했네."

엄마가 꽤 만족스러운 표정을 지으신다. 내가 처음에 윤리교육과를 가고 싶다고 했을 때와의 반응과 사뭇 다르다. 어릴 때의 내가 영어를 접한 시간이 많아서 그런 것 같다. 그러다 보니 영어가 내 삶에 있는 게 익숙했고, 앞으로 이와 관련된 직업을 가져도 크게 낯설지 않을 것 같다. 오히려 내가 관심 있는 분야에 대해 더 깊이 탐구하고 배우는 과정은 즐거울 거라 믿는다.

내가 영어영문학과를 선택한 이유는 영어에 관심이 있어서도 맞지만, 직업 선택의 폭이 넓어서이다. 사실 집에서 진로에 대해 생각을 하면서 내가 무엇을 좋아하는지 대충 알아냈지만, 특정한 직업이 끌린 적은 없었다. 그런 나에게는 진로에 대해 더 신중하게 고민할 시간이 필요한 것 같고, 선택의 폭이 넓은 학과가 적합하다고 생각한다. 영어영문학과는 다른 학과에 비해 여러 분야로 진출할 수 있다. 언론인. 통·번역, 무역회사 등 다양한 일을 할 수 있다. 임용고시를 준비해서 영어 교사가 될 수도 있다. 진로에 대한 계획이 모호하지만, 학교에 다니면서 나의 진로를 결정하는 것도 괜찮은 방법이라고 생각한다.

Epilogue

코로나 때문에 학교도, 독서실도 못 가서 공부는 평소보다 조금 덜 했을 수도 있다. 그렇지만 집에 있는 시간 동안 정말 나에게 필요한 걸 깨달은 것 같다. 엄마와 진로에 대한 대화를 한 것도 의미 있는 시간이었다.

만약 코로나가 일어나지 않았다면 어땠을까? 당연한 이야기지만 등교는 예정대로 이루어졌을 것이고, 집에서 보내는 시간이 훨씬 적어졌을 것이다. 아마 엄마와 희망 학과에 대한 대화를 하지 못했을 수도 있다. 코로나 전에는 엄마와 진로에 대한 이야기를 한 게 기억이 나지 않을 정도로 정신이 없었기 때문이다. 2학년 때의 희망 학과도 '윤리교육과'로 유지했을 수도 있다. 그랬다면 나는 1학년 때의 나처럼 윤리에 대한 관심이 적어도, 그것을 숨기며 생활기록부에 거짓말을 적었을지도 모른다.

이렇게 본다면 코로나로 인해 나쁜 점도 많았지만, 나의 진로 자체에는 좋은 영향을 끼치게 된 것 같다. 영어에 대한 관심을 다시 불러일으켰기 때문이다. 내가 정말로 하고 싶은 것을 생각해보게 된 방구석 1인 상담을 이 책을 통해 기록해보고 싶었다.

작가
소개

김보령
2004. 07. 23.

단지 글을 읽고 쓰는 게 좋은 학생.

희망 진로는 출판 편집자,

희망 학과는 국어국문학과.

최종 목표는 내 글 쓰며 살기.

變花(변화)

WRITTEN/PHOTO BY 김보령

Prologue

2020년 상반기, 혹은 공백기.

짧다면 짧았고 길다면 길었던 시간 동안 찾은 것에 관한 이야기.

후회와 행복, 고민, 결정과 번복 범벅이었던 날들에 관한 이야기.

내가 사랑했고 사랑하는 것에 관한 이야기.

글에 대한, 글에 의한, 글을 위한 글.

📷 내가 가장 좋아하는 사진

오전 일곱 시 반쯤의 하늘

평일 오전 여섯 시 삼십 분. 어슴푸레 창 너머로 새벽빛이 비쳐들고 듣기 싫은 알람 멜로디는 시끄러운 진동으로 귓전을 울려, 몇 분을 꾸물꾸물 미적대고서야 잔뜩 물 먹은 무거운 손으로 덮고 있던 이불을 걷어 냈다. 단잠과의 이별 후에는 대개 그렇듯 가라앉은 기분으로 세수를 하고, 아침을 먹고, 이를 닦고, 교복을 챙겨 입고……, 필요한 교과서까지 가방에 죄 쑤셔 넣는 습관적인 행동들이 잇따랐다. 그 사이로 새로운 절차가 끼어든 지도 이제 한 달은 족히 다 되어 가겠지. 설익은 손길이 느릿하게 마스크 고무줄을 당겨 귀에 걸치고 안경을 얹었다. 이어 핸드폰을 집어들고, 지문 자국이 한가득 박힌 액정을 두드려, 줄 세운 OMR 카드처럼 어제와도 그저께와도 같은 결과의 자가 진단을 전송하고 나면 그 후에야 비로소 현관문을 나서는 것이다.

한쪽 구석에 소독제가 고이 구비된, 약 냄새로 어질한 낡은 엘리베이터를 지나 도착한 아파트 단지 경비실 앞에서는 친구 둘이 기다리고 있었다. 어쩌면 새것일지 모를 하얀 운동화, 단색 양말, 똑같은 교복과 어깨에 멘 가방, 익숙한 얼굴. 여느 때와 크게 다름이 없는 눈 아래로 셋 모두가 비스름한 것을 걸치고 있음을 문득 의식하고 나자 불과 몇 달 전의 기억이 둥실거리며 수면 위로 떠올랐다.

추적추적 비가 내리던 아침, 또 해가 쨍쨍한 어느 여름 점심, 때때로는 이것도 저것도 아닌 그저 그런 날의 어느 시간대. 몇 달 전 매일의 순간순간은 전부 목적지 없는 길 위에서 지나가고 있었다. 견고하다고 믿어 의심치 않은 채 쌓은 탑, 그게 실제로는 손짓 한 번에 흩어질 안개와 다름없다는 사실이 고대의 바벨탑을 닮아 그만 무력감 혹은 막연함 속에 빠져 버린 것이다. 낱낱이 안다고 생각한 곳에서 길을 잃을 때 상황을 타개할 생각이 먼저 들기보다는 그냥 머리가 새하얗게 물들어 버리는 그런 상황처럼.

텅 빈 종이에 글자를 채워 넣으면서도, 무의식적인 손길로 핸드폰 화면을 쓸어 대면서도, 목요일이면 항상 얼굴을 들이밀곤 했던 분식집에서 그날 먹을 것을 고민하면서도, 심지어는 새까맣게 가라앉은 밤 이불을 뒤집어쓴 채 뒤척이면서도 머릿속 어느 한쪽에 똬리를 튼 물음표 덩어리들은 지치지도 않고 여린 조

📷 되짚은 기억 속의 교실

직을 구석구석 찔러 댔다. "무엇을 할 거야? 이제 어쩔 생각이야? 원하는 게 도대체 뭐였어?" 그리고 그런 의문이 뿌리를 뻗어나가 기어코 싹을 틔워 내면 항상 그 끝에서는 내뱉은 한숨이 꽃이 되어 흐드러지게 피어나곤 했다.

열 살, 어쩌면 그보다 더 어릴 적부터 이 길로 가겠다고 단정을 지은 꿈이 있었다. 어린아이의 자신감 가득한 엄포 아래 깊숙이 잠긴 채 오에서 육 년쯤 묵어 잔뜩 익은, 너무 묵어 버리는 바람에 아무도 그것과의 이별을 단번에 믿어 주지 않았던 그런 꿈이 있었다. 샤프 하나 집어 들고 앞뒤 좌우로 손을 움직여 대면 점이 모이고 선이 뭉쳐 그 끝에서 무언가 만들어지는 것이 좋았다. 머릿속에서는 단지 무형에 불과할 뿐이라 생김새는 어떻다, 색깔은 어떻다 설명할 길이 없던 상상들이 단출한 도구들을 빌려 튀어나오는 모양새가 좋았다. 하도 문질러 모서리가 몽땅 깎여 나간 지우개의 부서지고 갈라진 조각들, 왼손 옆면에 숯검정처럼 얼룩덜룩 엉겨붙은 흑연 흔적들마저도 기껍기만 했다.

돌이켜 생각해 보면 초등학교든 중학교든 관계없이 친구들과 쉬는 시간을 보낼 적 대개 책상 위를 차지하고 있던 것은 무언가 그려진 종이들, 고심해서 고른 낙서장 따위였으니 사실 전부 당연한 이야기일지도 모르겠다. 책상 하나 잡아 두고 어떤 날에는 그 가운데 앉아서, 또 어떤 날에는 또 어떤 날에는 앞이나 옆에 붙어서는 생겨났다 지워졌다 망가졌다 종내 위로 웃음이 덧그려지는 그림들을 종이 칠 때까지 구경하는 것이야말로 작고 순진한 낙이었다. 그러나 좋아한 만큼 지쳐 버려서, 더 이상 처음과 같을 자신이 없어서. 결국 나는 목적지를 잃기로 했다.

목적지 잃은 길

📷 어쩌면 내가 가장 많이 걸은 길

　당시는 참 어지러웠다. 끝없는 자기 검열과 어쩌면 불필요했을 죄악감으로부터 벗어나지 못해서, 그게 너무 어려워서. 해답을 구하기 위해 선생님을 열심히도 찾아 댔다. 선생님, 선생님. 그저께의 목소리와 어제의 목소리가 겹쳐 울리고 내일, 모레, 글피의 똑같은 부름이 어지럽게 밀려 들어오는 것만 같았다. 어쩌면 단지 확인받고 싶었던 것일지도 모르겠다. 나는 아직 틀리지 않았으며 그렇기에 책임질 필요가 없다고. 더 솔직하게는 잘못해도 괜찮다고. 그래도 떠나가지 않을 것이며 또 미워하지 않을 거라고.

　확고하리라 믿어 의심치 않았던 꿈이란 글자도 그때부터 금가기 시작했다. 내가 그림을 그리면서 이 불안감에서 벗어날 수 있을까. 못 그린다느니 누구 것을 닮았다느니 손가락질 당하지 않을 수 있을까. 앞으로 내딛는 한 발자국마저 확신이 없는 가운데 미처 알아차리지 못한 작은 균열이 부딪히고 깨져 몸집을 불렸고, 뒤늦게나마 그 사실을 깨달았을 때에는 이미 산산이 부서져 그만 툭 떨어지고 말았는데, 그렇게 발치에 떨어진 하얀 가루가 작은 꽃잎만 같았다.

전 환 점

　모든 이야기가 주인공에게 그러하듯이 전환점이란 예상치 못하게 다가와 당혹감을 선사하는 짓궂은 악동이나 다름없다. 갑작스러운 질병의 억센 손아귀에 붙들려 주도권을 빼앗겼던 그 시작 즈음. 더 흘러 정말 바보상자라도 된 것처럼 마땅한 해결책 대신 같은 소리만 반복하는 텔레비전에 답답하다 못해 아주 지겨운 마음이 들이닥쳤을 즈음. 이래야 한다, 저래야 한다, 양쪽으로 갈라진 채 목소리 높이는 언론의 조각조각을 손가락 움직여 지우는 게 일상이 되었을 즈음. 다시 흘러 게으름에 푹 빠져 무너져 내리던 바로 그 즈음. 전환점은 그제야 장난스럽게 방문을 두드려 댄 것이다.

　책상 앞, 불투명 혹은 반투명한 창문에서 옅게 푸른빛이 새어들던 새벽. 이전 일상과 다르다면 다르고 평범하다면 평범하게도, 과제 처리용의 구식 컴퓨터 앞에 앉아 뻑뻑한 눈으로 화면과 의미 없는 눈싸움이나 몇 판 해 대던 것. 그때가 바로 악동의 장난질이 시작된 순간이었다. 새벽녘의 잠을 앗아간 원인은 학생이라면 매년 치르게 되는 정기 행사. 직설적으로 고쳐 말하자니 여럿에게 마냥 달갑지만은 않을 진로 탐색. 재작년을 거치고 또 작년을 거쳐 이번에도 여지없이 주어진 과제가 처음에는 단지 곤란할 뿐이었다.

　그러나 마지막 제출 제한선을 향해 시계 초침은 끝없이 흘러가고, 공란의 희망 진로 칸에 검은 글자를 채워 넣어야 한다는 무형의 강요에 떠밀려 무력한 기대와 함께 인터넷이나 뒤적여 보던 중. 전환점은 손에 새로운 꿈을 얹어 주었다. 방대한 정보의 해일 속에서 그 다섯 글자를 찾아낸 것을 우연이라 칭한다면, 그렇다면 우연이란 단어는 분명 기적의 유의어쯤 되는 것일 테다. 글이라는 표현 방식에 깊게 가라앉게 된 시점, 그때가 바로 이 시점 근처였다. 기억하기로 분명 조금 더 이른 어느 나날들.

이 사이트 많이 쓴다더라. 어디서 주워들은 정보로, 또 남아도는 시간으로 인한 멋모른 시작이었다. 원래 아는 게 없을수록 무모하다던가. 대책 없는 시작은 생각보다 큰 파장을 불러왔고, 혼자 읽던 글이 둘이 읽는 글, 셋이 읽는 글, 두 자릿수가 읽는 글로 이름을 바꾸는 것은 순간이었다. 제대로 뒤집힌 상황에 마음가짐 역시 알게 모르게 바뀌어 욕심이 힘줄처럼 심장 겉을 타고 기어올랐다. 가지고 있는 것을 모두 활자로 치환하고 싶었다. 내가 보여주고 싶은 그 모습 그대로 빚어내고 싶었다. 그림으로는 이루지 못했던 그 소원을 새 도구로 언젠가.

📷 새로 생긴 신호등

손가락이 제 나름 정한 순서대로 타자를 두드린다. 때때로는 촉이 종이를 긁어내는 정석적 방식에 따라 잉크가 글자의 형태를 갖추어 나갈 테다. 방식이야 어떻든 투박하고 정겨운 둔탁음이 형성해 나가는 악보, 그 음표 하나하나 그려진 모양새, 음표 위에 찍힌 몇십 몇백 몇천의 점들이 가진 그 생김새 각각이 단어에 녹아내린 감정들을 닮아 있다. 낯섦에 대한 떨림, 아랫배가 괜히 당기는 긴장감, 잘 익은 복숭앗빛 뺨이 대변하는 심장 박동, 수업 시간 교과서 없이 텅 빈 책상 위로 제 책을 슬쩍 밀어 주는 작은 호의. 다른 한편으로는 그늘진 찬 흙 아래 고이 묻어 둔 열등감이나 자모음을 기어오르는 가장, 위선 따위의 것들을.

완전히 다른 시각, 다른 감상, 현실과 비슷하면서도 동떨어진, 이상한⋯⋯, 마치 토끼굴에 떨어져 오로지 혼자 남은 격리의 기분. 괜한 부유감. 글만이 선사할 수 있는 유일무이한 희열이란 바로 그런 것들이었다. 그래서 나는 이를 새로운 목적지로 명명하지 않을 수 없었다. 길바닥을 깊게 파내 그 위에 나무 냄새가 나는 새 이정표를 꽂아 넣지 않을 수가 없었다.

변
화

출판 편집자. 조용히 다섯 음절을 되뇌어 보았다. 누군가 읽을 한 세계의 가장 아름다운 입구를 만드는 사람. 조용히 홀로 정의해 보았다. 언젠가 길게 내뱉었던 숨을 그제야 비로소 다시 들이킬 수 있었다. 덧없이 버려진 줄로만 알았던 시간들이 자각하지 못한 새 비료가 되어서는 고운 흙을 구성하더니, 꽃이 죄 시들고 잎도 다 떨어진 황량한 그 자리에 연둣빛 싹이 움텄다. 뿌리만 남은 한숨 꽃 위에 자신의 뿌리를 억세게 얽고 곧게 줄기를 뻗어 갔다.

끝없이 글 읽는 삶을 사는 것. 제각기 다른 성질은 유지한 채 모양만 다듬어 그 수많은 글로 세상에 꼭 맞는 퍼즐 조각들을 만들어 내는 것. 그리고 언젠가 그 처음부터 끝, 각진 도형부터 완성된 퍼즐까지 스스로 뭉치고 깎아 사회 구석에 끼워 넣는 것. 그 수를 차츰 늘려 가는 것. 그렇게 끝없이 글 쓰는 삶을 사는 것. 나열한 모든 것들이 다시 설정한 목적지로 가는 새로운 길이자 이정표였다. 한숨꽃이 진 자리에는 이제 자그맣게 보색의 꽃봉오리가 맺히고 있었다. 발자국 하나하나 따라 수많은 꽃잎도 한 장씩 벗어낼 꽃이 얼굴을 들이밀고 있었다. 뱉었을 때만치 길게 마신 새로운 호흡은 지독하게 달았다.

Epilogue

변화(變化)와 변화(變花).

익숙한 단어에 풀이 달라붙어 만든 새로운 뜻의 두 글자. '기존의 성질이 다르게 고체되다'의 동음이의어는 '꽃으로 변하다'.

제목은 글의 머리이자 요약이며 표정이다. 가장 먼저 받아들이고 가장 대표적으로 기억하는 것, 첫인상과 같은 그런 것. 본문 내의 '한숨꽃'은 무엇으로 바뀌었고 또 어떤 꽃을 새롭게 피웠는지. 활자를 따라 여기까지 걸어오면서 어떤 생각이 들었는지. 이 글은 조금이나마 여운을 남겼는지. 이런저런 궁금증들이 부유한다.

손가락이 느릿하게 원을 그린다. 아래를 향해 똑바로 나아가다 가지를 내고, 모퉁이 돌듯 방향을 꺾는 손짓 하나하나가 단어에 녹은 감정들을 닮아 있다. 낯섦에 대한 떨림, 아랫배가 괜히 당기는 긴장감, 잘 익은 복숭앗빛 뺨이 대변하는 심장 박동, 수업 시간 교과서 없이 텅 빈 책상 위로 제 책을 슬쩍 밀어 주는 작은 호의. 다른 한편으로는 그늘진 찬 흙 아래 고이 묻어둔 열등감이나 자모음을 기어오르는 가장, 위선 따위의 것들을.

소제목 '글'의 일부는 내 가장 서툰 글들 중에서 마지막 문단을 하나 가져온 것이다. 글의 제목은 '안녕,' 즉 인사. 글과 인사는 감정과 태도를 전달하는 하나의 방식이라는 점에서 공통점을 가진다고 생각한다. 여러분이 찾은 글과 인사의 유사점이 과연 내가 찾은 것과 같을지, 비슷할지, 혹은 완전히 다를지. 마지막 물음표를 안고 즐겁게 글을 마친다.

김가은 글을 직접 쓴다는 것이 어려운 일이란 것을 새삼 느끼게 되었다. 하지만 완성된 글을 보니 너무 뿌듯했고 쓰면서 진로를 위해 내가 노력했던 일들을 보며 더욱 동기부여가 된 것 같다.

김보령 글과 책의 차이점을 두고 새삼 한계를 실감하지 않았나 싶다. 글, 그림, 사진이 책으로 엮이는 그 모든 과정에서 나는 참 서툴었지만, 그래도 떳떳하게 열심히 했노라 말할 수 있어 기쁘다.

서지예 새로운 경험이었고 막연하게만 느껴졌던 나의 진로에 대해 잘 정리할 수 있어서 좋았다.

양우진 책을 만드는 과정을 새롭게 알게 되어서 좋은 경험이 된 것 같다.

유지예 처음이라 모든 게 낯설고 어려웠지만 재미있었다. 특별했던 2020년을 기록할 수 있어서 좋았다.

이수빈 내 꿈에 대해서 더 깊게 생각하고 책에 담아내면서 내가 어떤 교사가 되고 싶은지, 더 넓게는 내가 어떤 사람이 되고 싶은지 생각할 기회가 되어서 좋았다.

이수진 내가 써 내린 2020년의 향연을 꽤 오랜 시간이 지난 후 어느 겨울날 다시 읽는다면 그때의 나는 어떤 모습일지 궁금하다.

이 진 보람차고 의미있는 활동이었다.

최정원 동아리 활동을 하면서 잊지 못할 많은 경험을 쌓았고 이 세상에 쉬운 것이 없다는 것을 깨달았다. 마지막으로 선생님, 선배들, 친구들에게 너무 고생하셨고, 수고했다고 이야기해 주고 싶다.

한희현 나의 아름다운 학창 시절을 글로 남기고 다른 사람들과 공유할 수 있게 되어 정말 기쁘다.

김경현 제대로 쓰는 건 아마 처음이라 글을 쓰는 데 많은 시간이 필요했고 고칠 점도 많아서 힘들었지만 선생님과 친구들의 도움을 받아 책을 쓸 수 있어서 너무 감사했다.

김수연 어떻게 보면 계속 두고두고 펼쳐 볼 우리의 책이기에 언제 봐도 부끄럽지 않도록 열심히 썼고. 정말 책 쓰는 것 자체가 좋았다.

김효정 하나의 큰 주제를 잡고 나의 이야기를 써내려가는 것이 쉽지만은 않았지만 혼자가 아닌 다같이 함께 해서 좋은 경험이었던 것 같다.

백은우 책쓰기를 통해 자아 성찰의 시간을 가질 수 있었고, 동아리 전체가 한마음으로 하나의 책을 만드는 것이 정말 크게 와닿았고 하나하나 완성될수록 뿌듯한 것 같다!

윤지현 다사다난했던 책쓰기를 통해 진로에 대한 생각을 정리하며 나에 대해 돌아볼 수 있는 소중한 시간을 보낼 수 있었다.

이나연 한 문장 한 문장을 써내려 가며 2020년의 나의 모습을 기록함과 동시에 나에 대해 성찰할 수 있었고. 글 쓰기의 처음부터 마무리까지 항상 함께 해주신 주님께 감사하다.

이동아 여러 번의 수정을 거치면서 글쓰기에 대해 더 많은 걸 알게 되었고 글 쓰는 과정에서 여러 지식을 얻게 되었다.

이승민 친숙한 주제로 글을 쓰다 보니 일기를 쓰는 마음가짐으로 글쓰기에 쉽게 접근할 수 있어서 의미 있는 활동이었다고 생각한다.

이정현 그동안 있었던 일을 글로 쓰면서 마냥 힘들었던 일로 기억하기 보다는 추억으로 생각할 수 있는 기회를 얻은 시간이었던 것 같다.

이진영 막연하게 머릿속에 있던 내용을 글로 써 보면서 내 생각을 정리해 볼 수 있었던 좋은 기회였다!

PHOTO ALBUM

2020년 시지고등학교 책쓰기 동아리 '쓰담쓰담'

yu_jiyea

yu_jiyea 뿌듯 뿌득 뽀득 뽀드득👏
우리 동아리 최고👻👻...

전지적 ◎ 시지고등학교 포토에세이집
코로나 시점

발행일   2021년 2월 25일
지은이   시지고등학교 책쓰기 동아리 '쓰담쓰담'
엮은이   송미애
펴낸곳   매일신문사
           대구광역시 중구 서성로 20
           053-251-1421~3

값 15,000원
ISBN 979-11-90740-06-7